ビブリア古書堂の事件手帖⑥
～栞子さんと巡るさだめ～

三上延

イラスト◎越島はぐ　デザイン◎荻窪裕司

ビブリア古書堂の事件手帖

6

～栞子さんと巡るさだめ～

三上 延

プロローグ

重い瞼《まぶた》を開けると、窓ガラスに大粒の雨が当たっていた。うんざりするような鉛色の空だ。聞こえるのはかすかな雨音だけで、病室は静まりかえっている。

ここは大船《おおふな》にある総合病院だ。俺の家のすぐ近所にある。病室にいるのは栞子《しおりこ》さんと俺だけだ。壁際の椅子に座った彼女は一心に文庫本を読みふけっている。ディケンズの『リトル・ドリット2』、ちくま文庫。肌寒いせいか赤いレインコートを羽織《はお》っている。ビニール袋に入った傘と、金属製の丈夫そうな杖《つえ》が壁に立てかけられていた。ビニール袋の底が破れているらしく、床に小さな水たまりができていた。

去年はよくこの病院に通ったものだった。ビブリア古書堂《こしょどう》で働き始めたばかりの頃だ。俺はただの店番で（今も店番だが）、本の買い取り依頼があるたびに、病院にまで持ってきていた。今は逆にこの人に病院へ来てもらっている。

ふと、栞子さんが顔を上げた。ベッドにいる俺が目を覚ましていることに気付いたらしい。名前を呼んでいる。大輔《だいすけ》くん。いつもの彼女の声だ。起きてますか？　起きているつもりだったが、うまく受け答えができなかった。手術が終わったばかりで、まだ麻酔が覚めきっていないらしい。

気がつくとまた眠りに落ちていた。天気のせいか雨の夢を見た。俺は高架駅のホームから、降りしきる雨を眺めている。古い雑居ビルやコンビニの屋根が雨でかすんでいた。

現実の記憶が混じっていることは分かっていた。先月、寺山修司《てらやましゅうじ》の『われに五月を』をめぐるトラブルを解決するために、俺と栞子さんは深沢《ふかさわ》のある一家を訪れた。その時にモノレールの駅から見た光景だ。

俺の隣には白いレインコートを着た、髪の長い女性が立っている。手首にかけた傘がびっしょり濡《ぬ》れていた。もちろん、この人は栞子さんだ。いや、違う。あの日、彼女はレインコートなんか着ていなかった。それにこの人は杖も突いていない。似ているがまったくの別人だ。

俺は目を開けた。背中に汗をかいている。自由になる右手を持ち上げて、顔の前で動かしてみた。もう意識ははっきりしている。それにしても変な夢だった。

（……あれ）

ふと、さっきの夢の光景に違和感を覚えた。そういえば、あの時もなにか妙だとぼんやり思った気がする。すっかり忘れていた。

「起きたの？」

さっきと同じように、椅子に座っている女性が言った。栞子さんの声――よりほんの少し低い。俺は相手をまじまじと見返した。白いレインコートを羽織って、黒髪を長く伸ばしている。濡れた傘は椅子に立てかけていたが、杖はどこにもない。

「こんにちは、五浦《ごうら》くん」

栞子さんの母親、篠川《しのかわ》智恵子《ちえこ》は膝の上で開いていた本を閉じる。娘とは違って外国語の本だ。背表紙には『HOLY BIBLE』。

「……ご無沙汰《ぶさた》してます」

我ながら声が上ずっていた。俺は緊張していた。この人はなんのために病院に来たんだろう。なにか企んでいるに違いない。

「ご無沙汰と言うほど経っていないわ。最後に会ってから、二十日ぐらいかしら……あなたの身には、色々あったようだけれど」

からかうような口調だった。口元にかすかな笑みをたたえているが、なにを考えているのかまったく読めない。

「栞子さん、ここにいませんでしたか」

「わたしが来た時はもういなかったわ」

そこで初めて気付いた。病室はさっきよりも薄暗い。時計を見ると夕方の五時を回っていた。栞子さんに話しかけられてから、きっともう何時間も経っている。

「怪我の具合はどうなの？」

「鎖骨と肋骨《ろっこつ》が折れたみたいですけど……何日かで退院できると思います」

医師から受けた説明をはっきり憶えていない。とにかく無事手術は済んだようだ。固定された左肩はまったく動かないが、麻酔のせいかあまり痛みはない。

「一体、なにがあったの？　あなたみたいに頑丈な人が、こんな目に遭うなんて」

サングラスの奥で目を輝かせて、篠川智恵子は軽く身を乗り出してくる。俺は答えたくなかった。この人の好奇心を満足させるなんてごめんだ。それに、どうして俺がこんな怪我を負ったのか、この人にはだいたい見当がついているはずだ。

「……先月、モノレールの駅で会った時、どこに行ってたんですか」

俺は腹立ち紛れに質問を返した。

「俺に話を聞きたかったら、こっちの聞きたいことも教えて欲しいです。俺たちに会うためだけに、あそこに来てたわけじゃないんでしょう？」

篠川智恵子は瞬きをした。初めて俺はこの人の意表を突いたらしい。さっきの夢から思いついたことを口にしただけだが。

「どうしてそう考えたの」

「あの日、俺たちが駅に着く四、五分前に雨が降り出しました。駅の階段でずっと待ってたなら、傘は乾いてたはずです。でも、あなたの傘はかなり濡れてました。俺たちが着く直前まで、駅の外を歩いてた証拠だ……どんな用事があったんですか？」

あの駅の周りは住宅街だ。誰か親しい知り合いの家でも訪ねていたんじゃないか？　深沢はこの女性の生まれ育った土地だ。

「コンビニに行っていたのよ。駅前にあったでしょう？」

あっさり答えを返してくる。そういえばそうだった。それ以上追及できなくなった俺に、篠川智恵子の笑みが大きくなる。

「目の付け所は悪くないけれど、詰めが甘いのね。動揺もすぐ顔に出る……感情を読んであしらいやすいから、あの子もあなたを好きになったのかしら」

俺の頭に血が上った。栞子さんのことを持ち出されては黙っていられない。

「栞子さんはそんな悪趣味な人じゃない。娘の性格ぐらい分かってますよね。そういうこと、わざと言ってるんじゃないですか」

病室に沈黙が流れる。ほんの一瞬、篠川智恵子の笑みが消えた。表情の断片を俺が読み取る前に、彼女は口を開いた。

「あなたたちの身になにが起こったのか、詳しい顚末を話してくれたら、わたしも話してあげるわ……あの日、深沢でなにをしていたのか」

「え？　コンビニに行ってたって……」

「帰りに寄っただけよ。あなたの言うとおり、他に用事があったの」

しれっと彼女は言う。悪びれる様子もなかった。

「篠川栞子の母親が自分の出身地でなにをしていたのか、あなたにも興味はあるでしょう。他にも知りたいことがあれば、答えられる範囲で答えてあげる。栞子が知らないようなことでもね」

もちろん興味はある。このところ、自分たちのルーツについて考えさせられることが多かった。この女性に訊《き》きたいことも山ほどあった。詳しい事情を知っている人間から情報を得る機会は限られている。

「……分かりました」

しぶしぶ答えた。結局、俺はこの女性に感情を読まれて、いいようにあしらわれている。腹立たしかったが、今はどうしようもない。

「六月に入ってからのことですけど……」

俺は自分たちの身に起こったことを、一つ一つ話し始めた。

第一章『走れメロス』

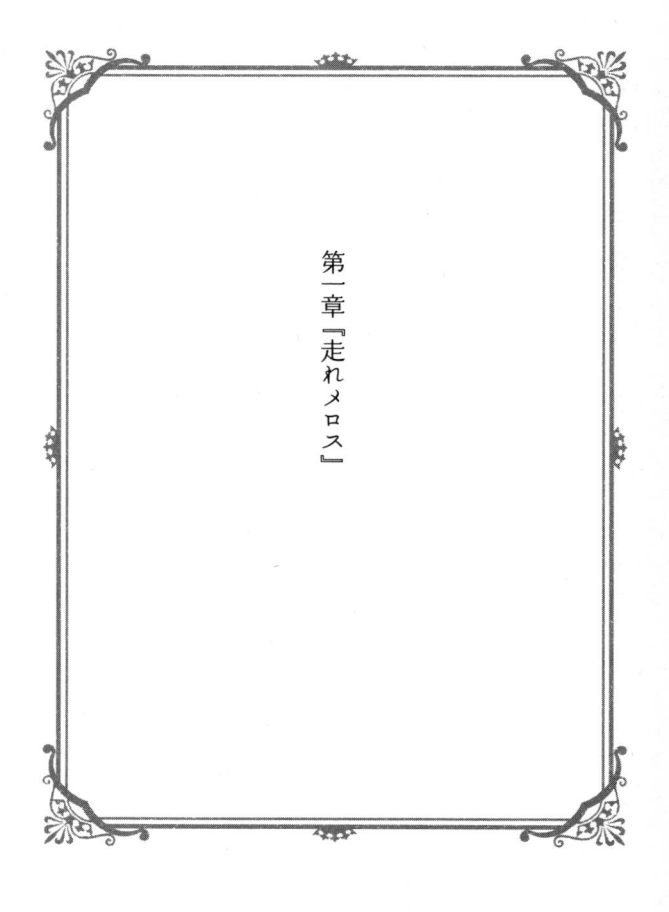

1

強い日射しの下では、紫陽花《あじさい》は違う植物のように見える。光沢のある大きな葉と鮮やかな色の花は南の島に咲いていてもおかしくない。

こんもりと茂っている緑と青のかげに隠れて、俺は人気《ひとけ》のない緩やかな坂を見はっている。六月にしては珍しい快晴の一日だ。梅雨《つゆ》を飛び越えて夏が来たのかと思うほど暑い。さっきから何度も汗を拭っていた。

俺は鎌倉《かまくら》の長谷《はせ》にある寺の近くにいる。紫陽花といえば明月院《めいげついん》のある北鎌倉が有名だが、このあたりでは別に珍しくない。紫陽花の育ちやすい気候だから、手間もなく大きな花が咲くらしい。

さて、暑い日にわざわざ長谷までやって来たのは、道端の紫陽花を眺めるためではなかった。人を待っているのだ。この坂の先にある寺へ墓参りに訪れる男、一年前、北鎌倉の古書店主に重傷を負わせた男、田中敏雄《たなかとしお》という危険な古書マニアを。

すべては去年、北鎌倉のビブリア古書堂を田中が訪ねたところから始まる。店主の篠川栞子さんから太宰治《だざいおさむ》『晩年《ばんねん》』の貴重な初版本を手に入れようと付け狙い、ついには石段から突き落としてしまった。

相手の異常な執念を察した栞子さんは、病院のベッドの上から周到に罠《わな》を張った。笠井菊哉《かさいきくや》という偽名を使って店に出入りしていた田中をおびき寄せ、目の前で本物に見せかけた『晩年』のレプリカを燃やして見せたのだ。

逮捕された田中は自分の求める初版本が失われたと思い込み、大人しく裁判を受けて判決を待っている——はずだった。

しかし十日前、ビブリア古書堂に一通の手紙が投げこまれた。「『晩年』をすり替えたお前の猿芝居を知っている。連絡しろ。」という短い文面で、差出人は田中敏雄になっていた。

本当に田中が書いたものかどうか、はっきりとは分からない。もちろん警察に持って行けば調べてくれるだろう。しかし、栞子さんは俺以外の人間、捜査関係者にすら本物の『晩年』が無事だということを明かしていない。田中に知られれば、いずれまた付け狙われかねないからだ。

今回の手紙も同じ理由で第三者に見せるわけにはいかなかった。捜査の過程で田中にどんな情報が伝わるか分かったものではない。

だから唯一彼女から事情を聞いている俺がこうして待ち伏せをしている。すべての審理が終わった後、田中は保釈されて拘置所を出ている。今日は田中の祖父の命日で、長谷に現れるのは確実だ。手紙の件について本人に探りを入れるつもりだった。うまく聞き出せるか自信はないが、とにかくやってみるしかない。

俺の名前は五浦大輔。去年からビブリア古書堂でバイトしている。大学を卒業しても就職できず、フラフラしているところを栞子さんにスカウトされた。古書、というか本の知識はまったくない。読書嫌いなわけではないが「体質」のようなもので活字を長時間読むことができない。文字通りの雑用係だ。

そして店の経営のかたわら、古書についての謎を解く栞子さんの助手のようなこともやっている。この十ヶ月、他人が知らない彼女の姿を間近で見てきた。

正直、例の手紙を出した奴にはかなり腹を立てている。もちろん彼女を危険に晒《さら》すものはなんでも許せないのだが、もう一つ個人的な事情もあった。

俺は栞子さんが好きだ。

先々月、付き合って欲しいと告白して、やっとOKの返事を貰《もら》ったところにあの手紙が届いたのだ。彼女ができたと浮かれるどころではない。二人で対応を話し合い、今日はこうして保釈された被告人を待ち伏せている。

ずっと同じ姿勢でいると疲れてきた。背筋を伸ばして、たすき掛けにしていたショルダーバッグを背負い直す。ほんのわずかな隙のはずだったが、声をかけられるまで近づいてきた相手に気付かなかった。

「五浦くんか？」

ああ、と仕方なくうなずく。他の挨拶を思いつかなかった。

仏花を抱えた田中敏雄は少し痩せたようだった。白いシャツが妙にまぶしい。涼しげな目元は相変わらずだが、印象的だったくせ毛は地肌が見えるほど短く切られていた。見た目は優しげな美青年で、暴力を振るうような人間にはとても見えない。しょっちゅう顔を合わせていた俺も正体に気付かなかった。

「こんなところでなにを……と、訊くまでもないか」

田中は苦笑いを浮かべている。自分に会いに来たと分かっているのか？　だとしたら、手紙を出したのはこの男ということだ。

「ぼくを監視しに来たんだろう？　本当に篠川栞子に近づかないか」

え、という言葉を呑《の》みこむ。監視なんて考えもしなかった。

「つまらない心配をするなよ。近づく気なんてないさ。もしそんなことをすれば、拘置所に逆戻りだからね」

そして山門《さんもん》へ歩き出してしまう。一瞬迷ってから、俺は田中と肩を並べた。一緒にしようとまでは思わなかったが、もともと墓参りをするつもりでいた。田中が言ったとおり、俺の祖母と田中の祖父は「知り合い」だ。たぶん俺とも深い繋《つな》がりがある。五十年近くも昔のことで、詳しい事情を確かめられないが。

「ひょっとして、監視以外にも用がある？」

前を向いたまま、田中は小声で質問した。俺は覚悟を決める。栞子さんとの打ち合わせ通りに話を始めた。

「……五月二十六日、北鎌倉に来たか？」

俺は相手から目を離さずに言った。わずかな反応も見逃さないように。

「ビブリア古書堂の近くで、あんたらしい男を見かけた人がいる」

手紙の件には触れない。下手に情報を渡したくなかった。

「まさか。行くわけない。ただの見間違いだろう」

田中はきっぱり否定した。馬鹿馬鹿しいと言いたげに首まで振っている。ごまかしている様子はなかったが、一応念を押すことにした。

「本当か？」

「本当だよ。だいたい、二十六日なら保釈の手続きは終わってない。まだぼくは拘置所の中だ。北鎌倉になんて行けるわけがない……君はそんな下らないことを確かめに、わざわざ会いに来たのか？」

すぐに確認できることで嘘《うそ》をつかないはずだ。本当に拘置所にいたのだろう。もちろん共犯者がいれば手紙を投げこむことはできるが、その文面通り接触してきた俺に知らないふりを装う必要はない。他に可能性があるとしたら——。

（誰かがこいつになりすまして、手紙を寄こしたってことか）

かえってその方が不気味だ。この男の名前を騙《かた》る理由がどこにあるんだろう。それに、差出人は栞子さんの秘密に気付いている。どこでそれを知ったのか。一体、何者なのか。

「まあ、ちょうど良かったよ。会いに来てくれて……無理に近づく気はなかったけれど、君たちと連絡を取りたいとは思っていたんだ。こっちから接触はできないから」

田中は石畳の参道を軽やかに進んでいく。慌てて俺も後を追った。

「連絡って、なんのために」

「ビブリア古書堂では昔の本についての相談に乗ってくれるんだろう。志田《しだ》さんの本を見つけたみたいに。結構、評判になっているみたいじゃないか」

志田というのは鵠沼《くげぬま》に住むホームレス兼せどり屋だ。ビブリア古書堂の常連で、田中とも面識があった。以前、俺たちは盗まれた志田の文庫本を取り戻したことがある。そういえば最近姿を見ない。

「……時々は、そういう相談にも乗ってる」

俺はしぶしぶ答えた。

「それがどうかしたのか」

「どこの誰の手に渡ったのか、行方《ゆくえ》を捜して欲しい古書があるんだ。もちろん報酬は払うよ。篠川栞子と君に」

二の句が継げなかった。よりによって栞子さんに依頼するのか？　自分が重傷を負わせた相手に？

「お前の頼みなんか……」

言い返そうとして口をつぐんだ。誰が糸を引いているのかは分からない。この男自身かもしれないが、あの手紙はこの依頼をさせるために投げこまれた可能性がある。だとしたら、栞子さんになんの相談もしないで断っていいのか。まずは相手の出方を見て、それから判断しても遅くない。

「どの古書を捜して欲しいんだ」

俺は尋ねた。寺の山門に係員はいなかったが、拝観料を入れる箱が置かれている。俺たちは小銭を落として中へ山門をくぐった。草木の生い茂った境内《けいだい》は庭園のようになっている。同じような帽子をかぶった年配のグループが、紫陽花の咲く小道をゆっくり歩いていた。

田中は本堂の裏へ向かいながら、内緒話のように俺に肩を寄せて囁《ささや》きかけてきた。

「捜しているのは太宰治『晩年』の初版だ。ぼくの祖父が持っていたものだよ」

ぎちっと背筋が固まった。この男の口から聞いたことがある――栞子さんが大事にしている『晩年』はもともと祖父の蔵書だろう、安く買い叩《たた》かれたらしいが、その相手はおそらくビブリア古書堂に違いないと。

だとしたら、やっぱり栞子さんのトリックを見破っているわけか。

「栞子さんが、燃やしただろ」

無駄だと思いつつもシラを切った。しかし意外なことに、田中は当たり前だと言わんばかりにうなずいた。

「分かってるよ。この世から消えた古書を捜してくれと頼むわけがないじゃないか。ぼくが捜しているのは、君の雇い主が持っていた『晩年』じゃない」

「えっ？」

思わず声が出てしまった。一体、なんの話だ？

「ぼくも最近まで誤解していたんだ」

田中はさらに声を低くする。

「祖父が持っていた『晩年』は、あの時燃えたアンカットとは別のものだ。さらに貴重な……特別な一冊だったらしい。どこかの誰かがそれを持っているはずだ。ぼくが知りたいのはその行方だよ」

2

本堂の裏手は完全に山の一部で、境内よりもさらに緑が濃かった。控えめに切り開かれた中腹に墓地が広がっている。墓参りに来ているのは俺たちだけのようだ。

「何年か前から、ぼくは神奈川県内の古書マニアが集まるＳＮＳのコミュニティに参加している。参加人数は多くないけれど、情報交換もできるし重宝していたよ」

水汲《みずく》み場で手桶《ておけ》に水を注ぎながら田中は言った。

「ああ、知ってる」

ビブリア古書堂で働き始めた頃、そのコミュニティを覗《のぞ》いたことがある。店の名前でネット検索して辿《たど》り着いたのだ。文学館に展示されていた『晩年』の初版本が、うちから貸し出されたという情報が出ていた。書きこみできるのは承認されたメンバーだけだったが、閲覧は誰でもできるようになっていた。

「先月、コミュニティのメンバーからぼく宛にメッセージが届いた。もちろん拘置所の中にはパソコンやスマホは持ちこめないから、ぼくは直接見られなかったけどね。アカウントの管理をしてくれている知り合いが、プリントアウトして面会の時に見せてくれた……悪いけど、その荷物を持ってくれないか」

立ち上がった田中の両手は手桶と花でふさがっていた。俺は地面に置かれたビニール袋をつかんだ。中には小さな日本酒の瓶や線香などが入っている。竹林に沿った石段から墓地に入ると、田中は迷うことなく斜面を上がっていく。墓地の奥に行けば行くほど、古い墓が増えていった。

「メッセージを送ってきたのは県内の古書コレクターを自称していた。実名じゃないから、どこの誰かは分からない……とにかく、ぼくの祖父、田中嘉雄《たなかよしお》の名前を知っていたらしい。コミュニティに孫のぼくがいると気付いて、メッセージを送ってきたんだ」

「……お前、本名で参加してたのか？」

そのＳＮＳには本名ではなく、自分で設定したニックネームで参加するのが普通だ。

俺もそのコミュニティを覗いているが、田中敏雄の名前はなかったはずだ。

「そんなわけないじゃないか。でも、ぼくがそのコミュニティで『晩年』について情報を得たことも報道されたからね。誰なのか気がついても不思議はないさ」

古書を狙うストーカーというのが珍しかったせいか、去年の事件はそれなりに大きなニュースになった。その内容をまとめたサイトもあった気がする。

「とにかく、その人物はぼくの祖父が持っていた『晩年』の初版本の話を聞いたことがあるそうだ。四十年前に田中嘉雄が安値で手放したものを、最終的に鎌倉近辺に住む古書マニアが手に入れたということだ。その『晩年』には太宰自身の書きこみはあっても署名はないし、一部のページはアンカットでもなくなっている……明らかにあの時燃えた『晩年』とは別物だ」

ちなみにアンカットというのはページが裁断されず、わざと袋とじの状態になっている本のことだ。昔の本によくあった装丁《そうてい》で、ペーパーナイフを使って切り開きながら読み進めていくという。

「お前のお祖父《じい》さんが持っていた『晩年』はアンカットだったんじゃないのか」

去年拘置所へ面会に行った時、この男自身からそう聞いた。田中は顔をしかめながらうなずいた。

「祖父が手放した後で、価値の分からないバカが切り開いたのかもしれない。珍しい話じゃないさ……大いに残念ではあるけれど、問題は太宰がなにを書きこんだのかだ。その古書マニアは『晩年』を抱えこんだままらしい。きっと珍しい書きこみなんだろう。いかにも興味をそそられる話じゃないか？」

振り返った田中は満面の笑みを浮かべていた。なにに興味をそそられているのか、俺には見当もつかなかった。

「そんな話、信用できるのか？」

俺は尋ねる。メッセージをくれた人物にしても、田中嘉雄の『晩年』を手に入れた人物にしても、具体的な情報がまったく分からない。匿名の誰かが流している噂《うわさ》にしか思えなかった。

「メッセージをくれた人物は、ぼくが逮捕されるずっと前から信頼できる情報を書きこんでいた。祖父が『晩年』を手放した時期や経緯の説明も、ぼくの聞いた話と一致する。少なくとも検討には値するさ」

「そんな昔のことを知ってるんだったら、かなり年取ってるはずだろ。ネットなんか使うのか？」

「今時、年寄りだってネットぐらい使うよ。第一、わざわざぼくを騙《だま》す理由もないじゃないか……ああ、ここがうちの墓だ」

と、田中が指差した墓は周囲よりも立派だった。囲いの中に大きな墓石がそびえ立ち、敷地の入り口には灯籠《とうろう》が並べられている。墓というよりはなにかの慰霊碑《いれいひ》のようだ。ただ、どの石もまだらに変色し、ひび割れもそのままになっている。

田中家は代々貿易会社を経営していたのだが、田中嘉雄の代で倒産して財産もすべてなくしたという。この墓は裕福だった頃の名残《なごり》だろう。

手を合わせてから、二人で墓の掃除を始める。

「別に身内でもない君までやらなくてもいいんだよ。手伝わせようと思って連れてきたわけじゃない」

そう言われたが、俺は黙って敷地の雑草をむしった。この男は何も知らないようだ。この墓に眠っている田中嘉雄は、俺の祖母と不倫関係にあった――俺の本当の祖父は田中嘉雄かもしれない。もしそうだとしたら、こうして墓参りをしている二人は親戚同士ということになる。

もちろんこの秘密を明かすつもりはない。はっきりした証拠があるわけでもなかった。今はもっと話さなければならないことがある。

「その、ネットで情報をくれた相手に、連絡は取ったのか？」

俺が尋ねると、田中は作業を続けながら大げさに肩をすくめた。

「拘置所を出た後、メッセージを送っても反応がなかった。もう一度送ろうとしたが、相手はそのSNSを退会していた。だから連絡を取りようがない。もし依頼を受けてくれるなら、あっちから来たメッセージを君たちに見せるよ」

田中が受け取ったというメッセージと、ビブリア古書堂に来た手紙が俺の中で結びついていた。タイミングが重なりすぎている。ひょっとして、同一人物が出したんじゃないのか？　そんな手の込んだことをする意味が分からないが。

「でも、なんで自分で調べないんだ？」

「もちろん調べようとしたさ。昨日も祖父の友人の電話番号が見つかったから、連絡してみたよ。祖父と同じく古書集めが趣味だと聞いていたから、期待していたんだけど……田中嘉雄なんて男とは友人でもなんでもないそうだ」

「人違いだったのか？」

「いや、そんなはずはない。祖父からも名前を聞いたことがあったからね。たぶんぼくに協力したくなかったんだろう。鎌倉にいる祖父の知り合いは、みんなぼくに会おうとしない。門前払いだ」

それはそうだと俺は思った。裁判で有罪判決が確実な古書ストーカーと接触したがる人間はいないだろう。

「でも、君たちなら調べられるはずだ。ぼくと違って信用がある。それに、ぼくの祖父の知り合いぐらい周りにいるだろう？　今日だって君が寺の前で待っていたわけだし」

俺は言葉に詰まる。田中敏雄が鎌倉に現れることは警察から知らされていたが、どの寺が行き先かは分からなかった。調べたのは栞子さんだ。古書組合の理事が生前の田中嘉雄と面識があって、どこの寺に眠っているか知っていたのだ。

「その『晩年』の行方が分かったら、どうする気なんだ？」

「どんなものかまず確認したい。いいものだったら、売ってくれるよう申し出るさ。それだけの金はあるんだ」

意外に普通の答えだった。まあ、手段を選ばないつもりだったとしても、俺に向かってそう言うはずがない。

「君の雇い主なら、この依頼を受けるはずだ」

その声は確信に満ちていた。

「……なんで分かる？」

俺は断るつもりでいた。話を続けていたのは情報を引き出すためだった。これまで俺たちは色々な依頼を受けてきたが、ここまで得体の知れない依頼は初めてだ。栞子さんに復讐《ふくしゅう》でも企んでいて、『晩年』の情報を与えた人間とグルになっているのかもしれない。

俺の問いに、田中ははぐらかすように笑った。

「太宰の『晩年』のことだからさ。とにかく、持ち帰って相談してほしい」

墓前に花や酒を供えて、線香に火を点けた。両手を合わせている田中の横顔は穏やかで、危険なものは感じられない。長い時間の後で、田中は目を開けた。

「……ぼくはもう、以前のぼくじゃない」

信じられるかと心の中でつぶやいた。以前もこの男に騙された。あの時、一歩間違えば栞子さんは殺されていたかもしれない。

「君が警戒するのは分かるよ。でもこの一年、ぼくは多くのことを学んだんだ……お前はきりょうがわるいから、愛嬌《あいきょう》だけでもよくなさい。お前はからだが弱いから、心だけでもよくなさい……」

「なんだ、それ？」

田中は視線を落とす。口にした言葉は答えではなかった。

「彼女には申し訳ないことをしたと思っている……そう伝えてくれ」

帰りは江《え》ノ電《でん》を使った。

田中は藤沢《ふじさわ》行きの電車に乗り、俺は鎌倉行きに乗った。学校帰りの高校生で車内はいっぱいだった。俺はドアに寄りかかって、外を眺めながら以前聞いた話を思い出していた。

（『晩年』は昭和十一年に刊行された、太宰治の処女作品集です）

確かそんな風に始まったと思う。あれは去年の九月、場所は大船の商店街だった。日が暮れていく中、よく響く澄んだ声にただ耳を傾けていた。

太宰の『晩年』についての説明を聞きたいと、俺から栞子さんに頼んだのだ。

（初版はたった五百部でした。太宰はまだ二十代でしたが、この本のために十年を費やし、五万枚もの原稿を書いたといいます。収録された作品はその中のほんのわずかで、他の作品はすべて破り捨ててしまったそうです。

『私はこの本一冊を創るためにのみ生れた。きょうよりのちの私は全くの死骸である』と『もの思う葦《あし》』に書いています。最初に少年時代を振り返った『思い出』を執筆しましたが、一作だけでは満足できませんでした。

それまでの生活のすべてをぶちまけたいという思いから、腰越《こしごえ》の小動岬《こゆるぎみさき》で起こした心中事件《しんじゆうじけん》を題材に『道化《どうけ》の華《はな》』を書き……）

　ふと、車内の路線図を見上げた。江《え》ノ島《しま》駅の手前に腰越駅がある。小動岬なら俺も行ったことがある。江ノ電からも見えるはずだ。自然のままの崖がまだ残っていて、近くの砂浜で漁師がシラスを干している。あんなところで死のうとしたのか。

　遠い昔の有名作家と、今ここにいる自分が繋がる。本に詳しい人なら、こういう体験をしょっちゅうしているのだろう。さっきの田中敏雄もそうだし、もちろん栞子さんも。そして栞子さんの母親、篠川智恵子も。

　先月、篠川智恵子は栞子さんの前に現れた。得体の知れない、神出鬼没の女性だ。娘を連れ出そうとして、断られると警告を残していったらしい——ここに残るのなら、気を付けなさい。

　俺たちの身に起こりつつあることを指している気がする。いや、例の手紙を出して、田中敏雄に情報を渡したのが篠川智恵子だったとしたら。誰も知らないはずの栞子さんの秘密に気付いていて、偽名を使っていた田中の正体を見破るような、古書に詳しい人間なんて他にいるだろうか。栞子さんにかけた言葉は、警告ではなく宣戦布告だったのかもしれない。

　ドアの開く音で我に返る。電車は終点の鎌倉駅に着いていた。慌ててホームに降りて歩き出した。

ただ可能性を考えていても結論なんか出ない。頭を使うのは苦手だ。田中が言ったとおり、栞子さんに相談する方が早そうだ。

3

たぶん三ヶ月前の震災の影響だろう。鎌倉駅には観光客らしい人々が少なかった。特に外国人をほとんど見かけなくなっている。

連絡口を通ってＪＲの構内に入り、横須賀《よこすか》線のホームに上がる。ちょうど下りの電車が出て行くところだった。携帯を持った手を大きく振っている、小柄な女性が窓越しにちらっと見えた。オレンジ色のシャツワンピースに、ラメの入った紫色のカーディガンを羽織っていた。臨月らしく大きな丸い膨らみを抱えている。

(しのぶさんだ)

遠ざかる電車に俺も手を振り返す。坂口《さかぐち》しのぶは年の離れた夫と逗子《ずし》に住んでいる。半年前に妊娠していることが分かって——そういえば、そろそろ出産予定日だ。

上りのホームで電車を待っていると、メールの着信音が聞こえた。ショルダーバッグからスマホを出す。最近、機種を変えたばかりだった。メールは坂口しのぶからで、件名は「おめでとう」。なんだろう、この嫌な予感は。

『こんにちは！　病院から帰ろうとして、ちょうど五浦さんにメール打ってるところだったの。元気？　あたしも元気元気元気。まさくんもね！』

まさくんというのはしのぶの夫だ。名前を坂口昌志《まさし》という。『論理学入門《ろんりがくにゅうもん》』という本をビブリア古書堂に売ろうとしたことがきっかけで、俺たちと親しくなった。

『最近まさくんね、日常生活訓練っていうのを受け始めて、掃除《そうじ》とか洗濯とか色々やってくれるようになったの。子供が生まれて、君が働きに出るようになったら、家事はわたしが全部やる。できることはなんでもやる。君一人に苦労はさせないって！　そういう責任感の強いところ、素敵だと思う！』

近況にのろけまで付いてきた。

坂口昌志は眼病を患《わずら》っている。視力が少しずつ落ちてきて、日々の生活にも支障が出てきているらしい。夫婦にはもうすぐ子供も生まれる。厳しい状況だと思うけれど、不思議とこの夫婦には暗い陰がない。なにがあっても笑顔で乗り越えそうな力強さがある。

『あたしたちのことはともかく、五浦さん店長さんと付き合い始めたんですってね！　おめでとう！　よかった。今、ラブラブファイヤーね！』

嫌な予感があたった。ちなみに文字の合間にすごい勢いで絵文字が挿入されているみたいだが、機種が違うせいかほとんど表示されていない。ちょうど上りの電車が来たところだったので、メールを読みながら乗りこんだ。

ラブラブファイヤーはともかく、その話を誰から聞いたんだろう。栞子さんからではないはずだ。この手紙の件が片付くまで、黙っていましょうと言い出したのは彼女だった。

だいたい予想はついていたが、メールの続きには答えが書いてあった。

『昨日、文香《あやか》ちゃんがメールで教えてくれたの！　受験生の前でいちゃいちゃしたらダメよ？　店の隅でこっそりね！』

俺はため息をついた。店の中でするわけがない。もちろん、それぐらいの理性はある。まあ、たぶん。一応、気を付ける。

（やっぱり文香ちゃんか）

文香ちゃん――篠川文香は栞子さんと同居している妹だ。今年で高校三年生になる。世話好き料理好きで、本のこと以外では役に立たない姉の代わりに、篠川家の家事を一手に引き受けている。家事のついでに立ち聞きもしてしまう娘なので、たぶん俺たちの会話から感づいたんだろう。

問題はこの話がどこまで広がっているかだ。文句は言いたくないがおしゃべりな娘でもある。しばらくビブリア古書堂に来ていない坂口しのぶでも知っているということは――いや、考えるのはやめよう。

やめようと思ったが、そうもいかなかった。北鎌倉駅に着いたところで、滝野《たきの》蓮《れん》杖《じょう》から携帯に電話がかかってきた。港南台《こうなんだい》にある滝野ブックスの店長で、篠川姉妹を子供の頃からよく知っている人だ。

「はい。五浦です」

『久しぶりだな、滝野だけど……お前、やっと付き合い始めたんだって？　篠川と』

いきなり切り出される。気分を落ち着けようと、俺は立ち止まって眉間《みけん》を揉《も》みほぐした。

「……どこから聞いたんですか」

『うちの妹から。文香ちゃんからメール来たんだって』

滝野蓮杖の妹、滝野リュウも篠川姉妹と仲がいい。特に栞子さんとは中学時代からの親友同士だった。

『うちの親たちも喜んでたぞ。まるっきり男っ気のない奴だったから、みんな心配してたんだ』

もう滝野家全員に知れ渡っているらしい。それだけ多くの人から栞子さんが気にかけられ、好かれているということだ。とにかくそう思うことにする。

「わざわざその話で電話してきたんですか？」

『そこまで暇じゃない。実は今週の振《ふ》り市《いち》で、ビブリアに支払った金額の計算が間違ってたな。虚貝堂《きよかいどう》さんが落札した分が入ってなかったんだ。次に古書会館に来た時、帳場《ちょうば》に寄って受け取ってくれ』

振り市というのは古書の競《せ》り市のようなもので、古書組合の加盟店だけが参加できる。正式には古書交換会と呼ばれていて、滝野はそれを仕切る経営員だった。うちの店から古書を出品し、無事他の店に落札されたのだが、帳場の計算が間違っていたらしい。

『篠川にはもう伝えてあるから。今、外にいるんだよな？』

「あ、はい。ちょっと。お客さんと会う用事があって」

適当に嘘をついた。さすがに栞子さんを突き落とした奴と会ったとは言えない。

『よかったな、篠川のこと……お前なら心配ないと思うが、大事にしてやってくれ』

滝野はしんみりと言った。そこまで暇ではないと言ったが、この言葉を伝えるために電話してきた気がする。たぶん滝野が考える以上に、俺の胸に重く響いていた。

「分かりました。大事にします」

はっきり答える。そうか、とだけ言って滝野は電話を切った。


ビブリア古書堂は北鎌倉駅のホームから見える路地にある。何十年も前に建てられた木造の二階建てだ。珍しく店の前に人が立っている。

制服のスカートと白いベストを着たポニーテールの少女が、腕組みをしてガラス戸越しに店内を覗きこんでいる。今日、何度も名前を聞かされた篠川文香だった。こんなところでなにをしているんだろう。

よくよく見ると、詰め襟を着た小太りの男子生徒が隣にいる。二人で話しこんでいるようで、近づくと俺にも聞き取れた。

「じゃあ、ほんと付き合いだしたばっかりなんすかね」

これは男子生徒の声だった。篠川文香のポニーテールが揺れる。

「うん。たぶんまだ二週間経ってないね。あたしの見たところ」

「でも、五浦さんここで働き出したのって結構前ですよね。今までなにやってたんすか」

「なにって……普通に働いてたよ。だんだん仲よくなってきてたけどね。お姉ちゃんものすっごく鈍いし、五浦さんは五浦さんで見た目あんななのに押しが弱くて」

「あ、分かる。なんか中身はヘタレっぽいすよね」

「おい」

我慢できなくなって声をかけた。否定はしないがもう少しオブラートに包んで欲しい。二人は同時に振り返った。一瞬、男子生徒の方が誰か分からなかった。ツーブロックの髪に黒いフレームの眼鏡。無表情な三白眼《さんぱくがん》が俺を見上げていたが、

「お久しぶりです。五浦さん」

深々とお辞儀をする。やっと思い出した。名前は玉岡昴《たまおかすばる》。かつてこの近くに住んでいた宮澤賢治《みやざわけんじ》コレクターの孫だ。『春《はる》と修羅《しゅら》』の初版本が盗まれてしまい、それを取り戻す過程で俺たちと知り合った。

事件が解決してからは、うちの店にも顔を出すようになった。よく均一本のワゴンから古い文庫本を買っていく。かなりの読書好きだ。

「二人とも、知り合いだったんだ」

この組み合わせは初めて見る。当たり前だと言わんばかりに篠川文香がうなずいた。

「だってたまに店で見かけるし……それに、同じ学校だし」

「え？」

言われてみると、確かに玉岡昴の制服には北鎌倉にある県立高校――俺の母校でもある――の校章がついていた。

「受験した高校って、あそこのことだったのか……」

「他の学校は受けなかったんすよ。近所だから通うのも楽なんで。五浦さん、知ってるかと思ってました」

制服姿を見たことがなかったので気がつかなかった。栞子さんは知っていたかもしれない。

「図書室であたしが声かけたんだ……この子、背中が寂しそうで……」

「いや、普通に読書してただけだから。なんか邪悪な意図でもあんのかと思いましたよ。顔しか知らねえ人が超フレンドリーに話しかけてくるし」

「昴は警戒心強すぎだよ。知り合いがいたら普通話しかけるでしょ」

「俺、割とスルーしますよ。めんどくせーって時、あるじゃないすか」

「えー？　ないよそんなの。おかしいんじゃないの」

それにしてもかなり打ち解けている。似たような光景を今までにも何度か見たことがある。時々しか店番をしないこの娘が、うちの常連たちといつのまにか友達付き合いをしているのだ。俺はもう手遅れだと悟った。この顔の広さ、口の軽さから考えて、俺と栞子さんのことは知り合い全員に知れ渡っていると考えた方がいい。

「悪い、ちょっと聞きたいんだけど……なんでこんなところにいるんだ」

延々と二人の続く話を遮って尋ねる。

「店の中で話せばいいのに」

本音を言うと店の中でも話して欲しくない。ただ、通りすがりの人たちにまで、店長とバイトが付き合っていると広められるよりましだ。

「あー……それがね、さっきまで話してたんだよ。店の中で」

決まり悪そうに篠川文香が目を逸らした。

「……ちょっとからかいすぎちゃったんだよね。お姉ちゃんを」

「先輩、身内なのに手加減しなさすぎでしょ。今時、テレビのレポーターだってあんなぶっこんだ質問しないっすよ」

「あの時はテレてたけどそんなに嫌がってなかったって！　身内だから分かるんだよ。でも、五浦さんのこと言ったら急に怒っちゃって……出て行きなさいって」

「先輩がヘンなこと言うから、俺までとばっちりで追い出されたじゃないすか。本、選んでただけだったのに……『お前の彼氏、いい人だけど世渡り下手《へた》だよな』ってニヤニヤしながら言われたら普通キレますよ」

「そんなひどい言い方してないよ！　『あんないい人なのに就職できなかったんだよね。ちょっと世渡り下手なのかな』って言っただけじゃん。ニコニコしてたけどニヤニヤじゃないし！」

俺は黙っていた。世渡りが下手なのは否定できない。店内を覗きこんだが、栞子さんの姿は見当たらなかった。どこにいるんだろう。

「栞子さんが話したのか？　その……俺たちが付き合ってること」

「そうだよ」

篠川文香が答える。

「実はね、ここんとこ様子が変だったから、毎日訊いてたんだ。『五浦さんと付き合い始めたんじゃないの』って」

「先輩、しつこいすね……正直、引くわ」

と、玉岡昴が言った。

「だって答えてくれないからさあ。付き合ってるーとか付き合ってないーとか言えばよかったのに、顔真っ赤にしてるだけだし。そうしたら何回も訊いちゃうじゃん」

「察するって選択肢はないんすね」

「でさ、昨日の晩ご飯の時に訊いたら、急に思い立ったみたいに答えてくれたの。『付き合ってるわっ』って」

「ヤケクソになっただけじゃないすか？　それ」

ヤケクソかどうかは知らないが、根負けしたのかもしれない。まあ、付き合っていないと言っていればその場はしのげたはずだ。嘘をつくことに抵抗があったんだろうか。それだけ俺との関係を大事に思っているという――。

二人分の視線に気付いて、慌てて口元を引き締める。人前でにやけるところだった。栞子さんが追い出したのなら、この二人を中に入れるわけにはいかない。

「今はあんまり騒がないでくれ。俺も栞子さんも、そういうの慣れてないから」

無理だろうなと思いつつ、俺は店内に入った。


まずはきちんとガラス戸を閉めた。覗かないように注意しても無駄だろうから、せめて立ち聞きを防ぐつもりだった。

書架だけではなく通路やカウンターの中にまで古書が積み上がっている。見慣れたビブリア古書堂だった。古い本独特の匂いが強くなっている。梅雨に入ったせいかもしれない。匂いの主な原因はカビらしく、湿気は古書にとっては大敵だった。

店主は相変わらず姿を見せない。おおかたカウンターの奥にいるのだろうと思っていた。普段の定位置だからだ。

でも、今日は違っていた。店の隅から物音がする。除湿器のそばに座りこむ後ろ姿が見えた。七分袖の青いシャツを着て、珍しく膝上のショートパンツに黒のタイツを履いている。横座りになっているのは、怪我の後遺症で膝がちゃんと曲がらないからだ。

「どうかしたんですか？」

「ちょ、ちょっと除湿器が止まっちゃって……コンセントから、プラグが抜けてたんですっ」

声が上ずっている。湿気対策が大事なのは分かるが、どういうわけか俺の方を見てくれない。肩越しに覗きこむと、もうプラグはちゃんと挿さっている。その上にあるタップをもぞもぞといじくり回していた。

「なんか手伝うことあります？」

「いえ、その、結構です」

黒髪の間から覗いている耳が真っ赤になっている。やっと察しがついた。さんざんからかわれたせいで、顔を合わせるのが恥ずかしくなったのだろう。昨日まで俺と普通に接していたのに。

「カウンターの上のメモ……」

「メモ？　なんですか、それ」

「しっ、しばらく、そのメモどおりに仕事して下さい……ちょっと、その間に、気を落ち着かせるので」

とにかくカウンターに行くと「今日の仕事」と書かれたメモが置いてあった。仕入れや品出しや掃除など、俺のやるべき仕事が並んでいる。ひっくり返すと裏にもさらに文章があり、この店の状況やら具体的な俺への指示やらが几《き》帳《ちょう》面《めん》な字でびっしり書き連ねてあった。

（なんでわざわざ紙で……）

まあ、口で説明できないのだから仕方がない。田中敏雄の件を話すのは後にしよう。俺も考えを整理したい——それに、店の外から高校生たちが俺たちの様子を窺《うかが》っている。彼らに聞かせられる話ではなかった。

4

結局、メモに書かれていた仕事が終わったのは夕方になってからだった。気を落ち着かせると言っていたが、栞子さんの様子はあまり変わらなかった。カウンターの奥、積み上がった古書に隠れて、通販の業務をしているようだった。なんだか付き合う前よりよそよそしい。

「そ、そろそろ……今日のこと、聞かせてもらって、いいですか」

そう切り出した時も、古書の壁の奥から出てこなかった。店内に客は一人もおらず、表にいた高校生たちも退散していた。ガラス戸から見える空には、暗い色の雲が立ちこめている。雨が降り出しそうだった。

「……顔ぐらい見せて下さい」

と、俺は言った。避けられているようでこっちも落ち着かない。少し間があって、壁の端から顔の半分がゆっくり出てきた。日焼けとは縁のなさそうな肌の白さだが、今は茹《ゆ》で上がったみたいに赤い。眼鏡の奥にある大きな瞳《ひとみ》がぐるぐる泳いでいる。

今日、顔を見るのは初めてだ。本気で恥ずかしがっていることははっきり分かった。

田中との会話——特に依頼の内容について説明を始めると、彼女の表情が引き締まっていった。キャスターつきの椅子ごと俺の正面に移動し、背筋を伸ばして一心に耳を傾けている。

俺は一通り話し終える。だいたい分かりました、と彼女は力強くうなずいた。頭が回り始めると、この人は別人のように頼もしくなる。残念ながら本に関係すること限定だが。

「その『晩年』を、捜します」

ほとんど即答だ。田中の言ったとおりになった。

「あいつの言うこと、信用するんですか？」

「信用はしていません」

彼女はきっぱり答えた。

「なにか企みがあって、嘘をついているのかも。大輔くんが言ったとおり、うちに来た手紙をあの人が書いた可能性もあります……でも、本当にその『晩年』が存在するとしたら、わたしたちに断られてもいずれは自分で突き止めてしまうはずです。去年、この店に初めて現れた時みたいに」

「あ……」

やっと理解できた。栞子さんの『晩年』を奪おうとした時と、同じような行為を繰り返すかもしれない。

「あの人が捜し出す前に、その『晩年』の持ち主の方にお知らせした方がいいと思います。危険な相手に狙われているから、できれば本を隠しておいて下さいと……もちろん、彼には見つからなかったと報告します」

つまり依頼を受けるふりをするということだ。確かに今の持ち主に警告する必要はある。ただ──。

「それで安全になるんですか？」

見つからなかったと報告したところで、あの男が簡単に諦めるとは思えない。栞子さんはため息をついた。

「いいえ……わたしたちが嘘をついていないか、手を尽くしてじっくり調べるでしょう。ただ、それができるのは刑務所を出た後です。対策を練る時間は稼げます」

それでも時間を稼げるだけか。この状況を放っておけないのは分かっているが、正直なところ俺は気が進まなかった。もし嘘の報告をしたことがバレたら、この人も危険に晒されるかもしれない。

「……持ち主の安全を確保できる方法も、あるにはありますが」

「え、どんな方法ですか？」

俺は尋ねる。確保できるわりには彼女の表情は晴れない。

「その方から『晩年』をわたしたちが買い取って、彼に売ることです」

「なんでそんなことするんですか。あんな奴に本を売るなんて……」

冗談じゃない――が、よくよく考えてみると悪いやり方ではなかった。田中敏雄が求めているのは一冊の古書で、それを与えられれば満足するはずだ。買えるだけの金を持っているとも言っていたから、適正な価格なら支払いを渋ることもないだろう。

「とはいえ、貴重な古書をお持ちの方が、そう簡単に手放されるとは思えません……きっと太宰の愛読者でしょうし」

俺は栞子さんを見つめる。『晩年』のアンカットを守りきったこの人も、筋金入りの愛読者だ。気持ちは分かるのだろう。

「あいつのおじいさんが持ってたっていう『晩年』は、やっぱり珍しいものなんですか？　署名本じゃないって言ってましたけど」

「署名がないことが逆に気になるんです」

栞子さんは何気なく古書の壁の上に積まれた文庫本を手に取る。太宰治の『晩年』。黒い背表紙の新潮文庫《しんちょうぶんこ》で、さほど古いものではなさそうだ。偶然ここにあったわけではなく、栞子さんがどこかから持ってきたのだろう。

「署名がないのに太宰の書きこみがある……それが本当だとすると、太宰が自分で持っていたものかもしれません」

「『手入れ本』みたいな感じですか。宮澤賢治の」

手入れ本、というのは以前『春と修羅』が盗まれた一件を調べた時に憶えた言葉だ。宮澤賢治は『春と修羅』の初版本に直接ペンを入れて作品を直し続けていた。そういう書きこみの残された初版本は「手入れ本」と呼ばれているらしい。全部栞子さんからの受け売りだが。

「それは考えにくいです。太宰が推敲《すいこう》した『晩年』があるという話は聞いたことがありません。これだけ研究し尽くされている作家ですし、あればなにかしらの証言が残っているはずです」

「でも……だったら、なにが書いてあったんですかね」

「わたしにも見当がつきません。そもそも署名がなければ、太宰の直筆だということを判断しにくいはずです。なにかよほど変わった特徴でもない限りは……すごく、興味をそそられますね」

俺はぎょっとした。長谷の寺で田中敏雄から聞いた言葉と同じだったからだ。栞子さんがこの依頼を受けた理由は持ち主に警告するためだけではない。太宰の書きこみがあるのに、署名本ではない『晩年』――その謎に惹《ひ》かれているからだ。

たぶん田中敏雄もそれを見透かしている。太宰の愛読者だということに付けこんで、栞子さんを巻きこもうとしているのだ。そして、俺も彼女を守るために関わらざるを得ないことも分かっているはずだ。「この一年、ぼくは多くのことを学んだ」というのはこういうやり方のことか？

「お前はきりょうがわるいから……」

ふと、田中の言葉が口を突いて出た。妙に意味ありげだったが、結局なんだったんだろう。続きが思い出せない。

「『お前はきりょうがわるいから、愛嬌だけでもよくなさい。お前はからだが弱いから、心だけでもよくなさい』……」

栞子さんはさらりと暗唱する。俺は呆気《あっけ》に取られた。

「知ってるんですか？」

「ええ。『晩年』に収録されている「葉《は》」の一節ですね。自作の断片を集めて再構成したもので、文章同士の間にはほとんど繋がりはありません……大輔くんこそ、どうして知ってるんですか」

俺は長谷の寺でのいきさつを話した。ついでに田中が栞子さんに謝っていたことも。彼女は謝罪にはなんの反応も示さなかった。

そういえば、田中敏雄についてどう思っているか、この人の口から聞いたことがない。田中の名前を出す時は怖がったり怒ったりすることもなく、いつも淡々としている。自分に大怪我を負わせた相手になんの感情も抱かないはずはないから、俺が見過ごしているだけかもしれない。

「彼が引用した一節には続きがあります。これです」

新潮文庫の『晩年』を開いて俺に手渡す。はじめの方のページだ。

叔母《おば》の言う。

「お前はきりょうがわるいから、愛嬌だけでもよくなさい。お前はからだが弱いから、心だけでもよくなさい。お前は嘘がうまいから、行いだけでもよくなさい」

「……『お前は嘘がうまいから、行いだけでもよくなさい』」

栞子さんは澄んだ声で続きを暗唱した。嘘をつくなと言わないあたりが印象に残る。

あの男はどういうつもりで引用したんだろう。自分は嘘がうまいから、せめて行いをよくすると言いたかったのか。たぶんそんなところだと思う。

「この一節、わたしも好きです……この叔母という人に、自分が注意されているみたいで」

「えっ、器量は悪くないですよ」

思ったことを口に出しただけだったが、店内がしんと静まりかえった。落ち着き払っていた栞子さんの顔が、火でも点《つ》いたみたいにまた赤く染まった。ぎゅっと目を閉じてうつむいてしまう。

「も、もう、やだ……わたし、子供みたい」

こんなしぐさで照れられたら俺の方がたまらない。といってもここは店の中だ。理性を失うのはまずい。たぶんまずいと思う。

お互いの気が静まるまで、しばらく時間がかかった。その間、俺は「葉」を拾い読みしていた。以前、「道化の華」だけは目を通したが、『晩年』の他の作品を読むのは初めてだった。

一節ごとに内容は本当にばらばらだ。何ページも続く小説の一場面らしいものも、ほんの一行で終わってしまうものもある。長時間、活字に耐えられない「体質」の俺にも読みやすい。

それにしても、自作の断片をただ並べているわけではなさそうだ。「死のうと思っていた」「死のうと思いはじめた」のような、自分の生死を問う文章が目につく。全体として一塊の感情から出発している気がする。

もう一度田中が暗唱した一節を読み返す。まあ、器量が悪いことを除けば、栞子さんに言っているように思えなくもなかった。体が強いとは言えない状態だし——確かに嘘は上手《うま》い。

「太宰はどういうつもりで書いたんですか」

前後を読んでも「叔母」についてまったく説明されていない。「お前」というのも誰なんだろう。

「……太宰は自分自身のことを念頭に置いていたと思います」

呼吸を整えるように、栞子さんはゆっくり答えた。

「太宰の生家は青森有数の大地主でした。母親が病弱だったために、同居していた叔母が太宰の世話をしていたそうです」

なるほど、それで「叔母」なのか。これだけ有名なのに、太宰の経歴をよく知らない。以前『晩年』について説明を聞いているし、教科書に載っている『走れメロス』ぐらいはなんとか読んだことはあるが。

「太宰っていつ生まれたんですか？」

「一九〇九年……明治四十二年です」

「明治時代、なんですね」

　もっと後の時代の人かと思っていた。昭和の作家というイメージがある。

「作家活動を始めたのは昭和に入ってからです。でも、古い慣習の残っている環境で育ったのは間違いないでしょう。

　さっきの「葉」の話に戻りますが、実際に叔母からそんな注意をされたのかは分かりませんが、内容は太宰自身のことだと思います。若い頃の太宰は容姿にコンプレックスがあったそうですし、文学青年で体力に自信もなかったはずです。それに、実家を継いだ兄に嘘ばかりついていました」

「嘘っていうと……？」

「二十代前半の太宰は帝国大学、今の東京大学仏文科に在籍し、留年を繰り返していました。来年こそ卒業すると毎年嘘をついて、実家から仕送りだけを受け続けていたんです。入学当初からフランス語の授業にまったくついていけず、左翼運動や創作活動に没頭して、ほとんど授業にも出ていませんでした。もちろん、卒業できる見込みもなかったそうです」

思った以上にダメな経歴だ。ふと、さっき江ノ電で見た路線図が頭をよぎる。

「あれ、腰越で心中未遂を起こしたのっていつでしたっけ」

「それも大学在学中ですね。昭和五年の十一月、二十一歳の太宰は、銀座のカフェーで働いていた女性と、小動岬で大量の睡眠薬を飲んだんです」

「なんでそんなことしたんですか？」

「はっきりとは分かっていません……たまたま知り合った女性と衝動的に死のうとしたようです。女性は亡くなってしまい、太宰は一命を取り留めました。自殺幇助罪《じさつほうじょざい》の容疑に問われたものの、実家の兄の尽力もあって、起訴には至りませんでしたが……」不潔な時期だったと太宰自身も回想しています」

俺は呆《あき》れかえっていた。学生時代にもう一生分のトラブルを起こしている気がする。

いや、時代が違うせいかもしれない。

「そういう大学生、昔はよくいたんですか」

「心中事件まで起こす若者はめったにいなかったでしょう。当時、帝国大学に通う学生はエリート中のエリートでしたし、多少の問題を起こしても寛容な雰囲気はあったと思いますが……腰越での事件は新聞でも報じられました。当時としても相当なトラブルメーカーだったと思います」

「でも、作家としてデビューできたんですね」

「才能を認めて支えた人たちがいましたから。特に師匠の井伏鱒二《いぶせますじ》は太宰を指導し続け、昭和八年に作家活動を始めてからも、様々な形で援助をしています。井伏がいなければ、太宰治という作家は存在しなかったでしょう」

井伏鱒二の名前は俺でも知っている。太宰と師弟関係にあったというのは初耳だった。

「研ぎ澄まされた自尊心の持ち主だった太宰は、生活能力のない自分、言い訳のできない失敗を繰り返す自分への絶望を抱えていました。いつ命を絶ってもおかしくない状況だったと思います。そういう自分を題材に作品を作ることが、逆説的に小説家としての生に太宰を駆り立てていったんです……遺書のつもりで作り上げた『晩年』は、同じような思いを抱えていた当時の若者たちの胸を打ちました」

「自信モテ生キヨ　生キトシ生クルモノ
スベテ　コレ　罪ノ子ナレバ」

以前見せてもらったことがある。栞子さんが持っている『晩年』には、太宰の直筆でそんな文句が書かれていた。生きている者は誰でも業《ごう》が深い、そう解釈しているとあの時言っていた。

「今でも『晩年』の愛読者は多いです。わたしもそうですね。太宰の荒れた私生活は嫌いですけど、人としての弱さには共感できるんです……ちょっと、矛盾しているかもしれません」

「別におかしくないですよ」

誰だって心に弱いものを持っているはずだ。別に矛盾でもなんでもない、当たり前のことだと思う。

「じゃあ、『晩年』は評判になったんですね」

話を変えると、栞子さんはうなずいた。

「ええ。昭和十一年に発売されて、一年で何度も重版がかかっています。太宰の筆名も高まり、多少は執筆依頼も入ってくるようになりましたが、生活は楽になりませんでした。原稿料を前借りしたり、知人から借金することが多かったようです」

「仕事、あったんじゃないんですか？」

「色々あって……それ以上に使っていたんです。蔵書も持たない主義だったそうで、自分の本でもあまり手元には残していません。初版の『晩年』を太宰が持っていたのはわずかな間だけだったはずです。太宰のどんな書きこみがあって、どんな風に特別なのか、ちょっと想像がつかないですね……」

沈黙が流れる。悔しいことに俺も興味をそそられ始めていた。栞子さんと田中敏雄、二人の太宰マニアが口を揃えて分からないと言っている。本当にどんな一冊なんだ？

「依頼人とは、どうやって連絡を取るんですか？」

栞子さんが尋ねる。

「さっき携帯にあいつからメールが来ました。そのアドレスでやりとりしようと思ってます」

連絡用に新しくメールアカウントを作って、そこから送ってきたようだ。俺のメールアドレスはもともと知られている。田中が笠井菊哉の偽名でこの店に出入りしていた頃、俺たちはそれなりに親しかったからだ。

栞子さんと直接連絡を取ることは俺が許さなかった。あいつを信用したわけでもなんでもない。彼女も自分で連絡したいとは言わなかった。

「……では、依頼を受けると伝えて下さい。田中嘉雄さんをご存じの方の連絡先と、『晩年』の情報をくれた人物についても訊いてもらっていいですか」

「分かりました。ちょっと返事に時間がかかるかもしれないです。手元にパソコンもスマホもないから、メールチェックは毎日できないって言ってました」

「それは構いません……返信を待つ間に、こちらもすることがありますし」

「なにをするんですか？」

「田中嘉雄さんについての情報を集めます。ご存じの方にお話を伺いましょう」

5

ガラスのドアを開けると、煙草《たばこ》の匂いが鼻にまとわりついた。黄ばんだ壁紙に染みついているのだろう。禁煙席はないらしく、角の取れた木のテーブルには灰皿が置かれている。今時珍しい昔ながらの喫茶店だった。

平日の午前中のせいか、年配の一人客がまばらに座っているだけだ。お好きな席にどうぞと店員に言われて、栞子さんが窓際を選んだ。今日は無地のブラウスにカーディガンを羽織っている。ロングスカートをまとめるように腰かけてから、隣の椅子に杖を立てかけた。

田中の依頼を受けてからもう三日経っている。必要な情報を送れとメールにも書いた。そろそろ返信が来てもいい頃だった。

　今日、俺たちは田中嘉雄を知っている人物と会うために横須賀線で戸塚《とつか》に来ている。相手は同業者だ。この前、田中家の墓がある寺を教えてくれた古書組合の理事で、ＪＲ戸塚駅の近くで虚貝堂という店を構えている。仕事の合間に抜け出してきてくれるという。ビブリア古書堂の方は定休日だった。

　俺も虚貝堂の店主とは顔見知りだった。一人で初めて古書交換会へ出品しに来た時、勝手が分からずに戸惑っていると、説教しながらもやり方を詳しく教えてくれた。少し口うるさいけれども親切な人だ。

「田中嘉雄さんは、虚貝堂さんの常連客だったってことですよね」

　栞子さんの断片的な話をそう解釈していた。彼女は小首をかしげながら斜めにうなずいた。ストレートの黒髪が肩に広がる。半分は正解らしい。

「もちろんお客さんでもあったんですが、虚貝堂さんが店を開くずっと前からのお知り合いだったそうです。お二人とも大学の文学研究会に在籍していて、先輩後輩の間柄だったとか。虚貝堂さんの方が先輩だったみたいですね」

「え……虚貝堂さんってそんな年なんですか？」

　田中嘉雄が生きていたら、七十歳はとっくに超えているはずだ。虚貝堂の店主は五十代にしか見えない。

「あっ、そうではなくて……説明してませんでしたね。今の虚貝堂さんは二代目なんです。二代目も田中嘉雄さんと面識はあったそうですけど、親しかったのはお店を開いた先代です。五年ぐらい前に亡くなったんですけど」

なるほど、と俺はうなずいた。それなら話は分かる。

「栞子さんも会ったことあるんですか？　その、先代の虚貝堂さんに」

「ええ。大学生の頃ですけど。先代の虚貝堂さんもずっと組合の理事を務めていらして、市場で困っていると色々教えて下さったんです。わたしも店を手伝い始めたばかりで、勝手が分からなくて」

今の俺と同じようなものだ。大学生ということは、ビブリア古書堂の前で俺が初めてこの人を見かけた頃だろう。今と同じ、紫陽花が咲く季節の記憶が蘇《よみがえ》った。俺はまだ高校生だった。まさかその人と付き合うことになるなんて想像もしていなかった。そして付き合い始めたばかりなのに、定休日にデートもできずに珍しい古書の行方を捜す羽目《はめ》になるというのも、まったく想像していなかった。

「わたしの祖父も先代の虚貝堂さんとは親しかったんですよ。ほとんど同じ頃に店を始めて組合に加盟したので、助け合っていたと聞いてます」

ビブリア古書堂が開店したのは五十年近く前だ。その頃、俺の祖母もビブリア古書堂で『漱石全集《そうせきぜんしゅう》』を買っている。色々な人間が古書で繋がっている。

「栞子さんのおじいさんってどういう方だったんですか？」

ビブリア古書堂を作った人なのに、栞子さんからはめったに名前を聞かない。母親のことがあるせいなのか、家族についてあまり話さない気がする。

「店を開く前は、別の仕事をされてたんですか」

「いいえ。やっぱり古書店で働いていました。横浜《よこはま》の伊勢佐木町《いせざきちょう》にあった、久我山書房《くがやましょぼう》というお店に住みこみで修行していたそうです。店主がとても厳しい方で、十年以上しごかれたとか……そこから独立して、ビブリア古書堂を開いたんです。

わたしが物心ついた頃には父と母に店を任せてましたし、中学に入る前に他界してしまったので、あまり話をした記憶がないんです。父と同じように無口な人でしたから」

注文したコーヒーがやってきて、一度話が中断された。なにか思い出したように栞子さんが柔らかく微笑《ほほえ》んだ。

「そういえば、祖父も太宰を好きだと言っていました。わたしが小学生の頃、ちくま文庫版の『太宰治全集』を読んでいたら……」

今さら驚かなかったので口には出さなかった——作家の個人全集を読んでいる小学

生なんて聞いたことがない。

「熱心に読んでいたからだと思いますが、『太宰、そんなに面白《おもしろ》いかい』って声をかけられたんです。とても面白いって答えたら、『嫌う人も多いけれど、すぐれた作家だと思う。特に中期の作品が印象に残っている』って」

「嫌う人、多いんですか。有名な作家なのに」

熱心なファンは多いはずだ。『走れメロス』とか『人間失格《にんげんしっかく》』とか『斜陽《しゃよう》』とか、俺でも知っている作品がいくつもある。

「国民的な作家ですが、好き嫌いがはっきり分かれますね。弱さや疎外感を抱えた主人公の独白というスタイルが多いですし、作品をなぞるような私生活を送っていたせいでしょう。軟弱とか女々《めめ》しいといった批判に晒されてきました……若い頃はいいけれど、大人が愛読するのは恥ずかしいというような」

なんとなく分かる。中学の授業で太宰について説明する時、教師は奥歯にものが挟まったような言い方をしていた。

「批判がまったくの間違いとは言いませんが、ただそれだけの作家が時代を超えてこまで愛されるはずがないと思います。表面的な部分に囚われてしまうと、太宰の作家としての大きさを見誤ると思うんです……大輔くん、『晩年』以外で太宰を読んだことは？」

「……『走れメロス』だけは」

中学の頃、国語の授業で取り上げられたので、どうにか最後まで読んだ。読みやすい文章だったと思う。

「『メロスは激怒した』でしたっけ」

栞子さんがうなずいた。

「有名な書き出しですね。残酷な王ディオニスに死刑を宣告されたメロスが、妹の結婚式に出席するため、親友セリヌンティウスを人質に三日の猶予をもらう……発表は昭和十五年、これも中期の短編です。仕事の面でも私生活でも安定した時期に入っていました」

「金には困らなくなったんですか？」

『晩年』を出した直後は、借金を重ねていたと聞いた憶えがある。

「裕福とまでは言えなかったようですが、作家活動を始めた頃よりは……もともとお金に困っていた一番の原因は薬物中毒でした。腹膜炎の治療で入院した時に処方された鎮痛剤が手放せなくなり、その代金が家計を圧迫していたんです。昭和十一年、師匠の井伏鱒二たちの手配で精神病院に入院し、治療には成功します」

「じゃあ、それで生活もよくなったんですね」

「いいえ……その数ヶ月後、当時の妻と水上温泉《みなかみおんせん》で心中未遂を起こしてしまいます」

「え？　また？」

不謹慎だと思ったが、つい声が出てしまった。

「今度はどうしてなんですか」

「太宰の入院中、妻が他の男性と不貞を働いたことが原因とされていますが、この時の真相もはっきりしません。腰越の時とは違って、幸い二人とも命に別状はありませんでした。結局、昭和十二年には離縁してしまいます」

聞いている限りでは全然安定している感じがしない。すると、栞子さんはすぐに話を続けた。

「落ち着いたのは次の年です。井伏の紹介で別の女性と結婚した太宰は、様々な作風の佳作を発表するようになります。昭和十三年頃から第二次大戦の終わりまでが、一般的には太宰の作家活動の『中期』とされています。もう三十歳を過ぎていましたし、再婚した妻との間に子供も生まれて、精神的にも安定してきたのでしょう」

それで『走れメロス』みたいな小説も書いたのか。友情の素晴らしさを訴える、健全な話だったと思う。自分の心中事件をネタにするのとはだいぶ違う。

「……『走れメロス』の他に、どういうのを書いてるんですか」

「この時期の作品は非常に多彩です。日本の昔話をアレンジした『お伽草子《とぎぞうし》』や、キリスト教を題材にした『駈込《かけこ》み訴《うった》へ』、太宰の愛読者だった少女の日記を小説化した『女生徒《じょせいと》』、鎌倉時代初期を舞台にした『右大臣実朝《うだいじんさねとも》』など……」

「自伝っぽいのは少ないんですか」

俺は尋ねる。大人になったということかもしれない。

「デビュー当時よりは目立たなくなっていたと思います。もともと太宰にはさまざまな題材を自分のものにして、自在に物語を作る才能が備わっていました。それが一気に花開いたのがこの時期だと思います。

といっても、太宰の作家としての資質が大きく変わったわけではありません。いかにもフィクションらしい作品にも、太宰の生々しい心情が反映されていることもあります」

テーブルの端に両手の指先を揃《そろ》えて、ぐっと身を乗り出してくる。好きな作家だけあって、いつも以上に語りが熱かった。

「そういえば、『走れメロス』は太宰の実体験が発端になっているという説があります。どこまで事実かは分かりませんが」

「そうなんですか？」

そんな話は初耳だ。ギリシャ時代の話だと聞いた気がする。本当に体験できそうな話には思えない。

「親友だった小説家の檀一雄《だんかずお》が書き残している話で……昭和十一年、熱海温泉《あたみおんせん》で遊びすぎた太宰と檀は、旅館と小料理屋への支払いができなくなってしまいます」

話の発端からしてどうしようもないが、とにかく続きに耳を傾ける。

「太宰は檀一雄を人質として宿に置いて、必要なお金を借りるために上京します。ところが何日経っても太宰は帰ってきませんでした」

「えっ、帰らなかったんですか」

思わず確認してしまった。それじゃ『走れメロス』とは真逆の話じゃないか。

「そうです。檀一雄は小料理屋の店主に監視されつつ、仕方なく太宰を捜しに上京するんですが、手がかりを得ようと最初に訪れた井伏鱒二の家に太宰は上がり込んでいました。師匠の井伏と連日将棋を指していたんです」

「将棋って……ひでえな」

つい顔をしかめる。しかし、栞子さんは首を横に振った。

「あ、いえ。ただ遊んでいたわけでは……借金を申しこむつもりで師匠の井伏を訪ねたんですが、叱責を恐れて何日も言い出せなかったんです。激怒した檀一雄に怒鳴りつけられて、顔面蒼白《がんめんそうはく》になった太宰は、その後一言だけつぶやいたそうです……『待つ身が辛いかね、待たせる身が辛いかね』」

呆れかえっていた俺はなにも言えなくなった。もちろん誉められるような話ではない。太宰は情けないにもほどがある——けれども、待たせる身も辛いという言い分も分かる気がする。いいとか悪いではなく、ただなんとなく「分かる」。太宰という作家は、読者からそういう風に思われているのかもしれない。

「その話、うちの親父から聞いたことあるなあ」

不意に誰かが口を挟んでくる。ぎょっとして隣のテーブルを見ると、眼鏡をかけた白髪まじりの男がしみじみとうなずいていた。

6

虚貝堂の二代目はコーヒーカップを持って俺たちのテーブルに移動してきた。テーブルに太鼓腹がつっかえるのか、椅子を斜めに引いて俺の隣に腰かける。

「す、杉尾《すぎお》さん！　すみません、その、気がつかなくて……本当にすみません」

テーブルに頭をぶつけそうな勢いで、栞子さんが頭を下げる。俺もそれに倣った。仕事中に呼び出しておいて、二人して話に夢中になっていたのは確かにまずい。注文した飲み物が来ているのだから、かなり前からここに到着していたんだろう。

「いやあ、いいっていいって。俺の方も声かけなかったんだから。栞子ちゃんの話に聞き入っちまって」

虚貝堂の店主——杉尾は愛想よく笑ってひらひら片手を振った。栞子さんは中高年の古書店主たちからだいぶ愛されている。娘や孫と接している気分なんじゃないかと思う。と、急に表情を改めて俺の肩を叩いた。

「しかし、五浦くんもあれだぞ。栞子ちゃんに教わるのもいいが、いくらなんでももう少し本読まんと。太宰で読んだのが『晩年』と『走れメロス』だけって、中学生じゃあるまいし」

「は、はい。気を付けます」

小さくなって答えた。この人は俺の「体質」のことは知らないが、古書店員としては弁解のしようがない。

「分からんことばっかりじゃ、そのうち愛想尽かされちまうぞ。せっかく付き合い始めたんだろう」

そしてこの人にも俺たちのことが知られている。もう誰から聞いたのか尋ねる気力もなかった。正面に座っている栞子さんが、なにか喋《しゃべ》りかけたまま固まっている。

「いつから、いらしてたんですか」

動揺している彼女の代わりに俺が尋ねた。

「セイジおじさん……栞子ちゃんのおじいさんが、うちの親父と仲よかったってあたりからか？　本人から聞いたことなかったけど、あの人も太宰読んでたんだなあ、やっぱり」

なにがやっぱりなんだろう。詳しく聞きたかったが、その前に杉尾はちらりと腕時計を眺めた。

「悪いが本題に入った方がいいみたいだな……田中さんの話が聞きたいんだっけか。田中嘉雄さん」

「は、はい……」

やっと栞子さんが声を振り絞った。

「先代の虚貝堂さんは……田中さんと大学時代からのお付き合いだと、おっしゃってましたよね……」

ああそうそう、と杉尾はうなずいて、ポケットをあちこち探り始める。

「田中さんは親父の後輩で、うちにもよく遊びに来てたな。親父が店を開いた時も、真っ先に来てくれたのは田中さんだった。あの頃は羽振りがよくって、かなり古書を買ってくれたって聞いてるよ。珍しい果物やら菓子やらをしょっちゅう土産《みやげ》に抱えてきて、ガキだった俺から見てもいいおじさんで……お、これだ」

シャツの胸ポケットに入っているものを取り出した。ライターでも捜しているのかと思っていたが、現れたのは一枚の写真だった。

「田中さんとうちの親父が一緒に写ってる写真が見つかったんだ。親父のアルバムに貼ってあった」

杉尾はテーブルの上に置く。モノクロでかなり古いもののようだ。場所はどこか高台にある家の庭で、木造の建物の壁と窓が写っている。遠くに見える海を背景に、五人の人物が並んでいた。季節は夏だろう。

五人のうち三人は、半袖の白いシャツを着た男性だった。二十代後半から三十代前半ぐらいだろう。とりあえず学生には見えない。三人から半歩離れて、頭の禿《は》げあがった和服の中年男性が立っている。その隣にはセーラー服を着た少女が寄り添っていた。中年男性の娘だろう。

少しピントは甘いが、全員の笑顔がはっきり分かる。誰か冗談でも言ったばかりなのかもしれない。いい写真だった。

「右端がうちの親父だ」

杉尾は白いシャツを着た男性の一人を指差す。教えられるまでもなかった。年が若いことを除けば、丸々した体つきも顔立ちも二代目の店主とそっくりだ。

「その隣にいる背の高い人が、田中嘉雄さんだな」

俺はまじまじと見つめる。名前だけは何度も聞いていたが、顔を目にするのは初めてだ。面長《おもなが》で眉が濃く、くっきりした顔立ち。乱れた前髪が額にかかっている。照れているのか居心地が悪いのか、笑い方がどこかぎこちない。神経質そうに見える。

そして、五人の中では飛び抜けて背が高い。虚貝堂の店主と頭一つ分身長が違う。たぶん孫の田中敏雄と――俺とも、同じぐらいだ。

「太宰を意識してたんじゃねえかと思うんだよ、田中さん。ちょっと似てるだろ」

同意を求められても俺にはピンとこなかった。太宰と聞くと面長で神経質そうな顔が頭に浮かぶが、芥川龍之介《あくたがわりゅうのすけ》と混じっている気もする。

「かもしれませんね……髪形とか」

栞子さんには分かるらしい。目を細めて写真を隅々まで眺めている。

「いつごろの写真ですか?」

「昭和三十九年七月ってアルバムに書いてあった。西暦だと……一九六四年か」

「祖父がビブリア古書堂を始めた年です。虚貝堂さんも同じ頃でしたね」

顔も上げずに栞子さんが即答する。

「確かうちの方が半年早かったんだよ。親父の奴、こんなところでなにをやってたんだか……この頃は貧乏暇無しだったはずなのに」

「写ってる場所、どこなんです？」

俺は尋ねた。背景の海には島——いや、岬の突端らしいものが写っている。ぼやけてはいるが、地形にはなんとなく見覚えがあった。きっとこのあたりの海だ。

「親父からはなにも聞いてねえんだよなあ……アルバムにも日付以外はなんも書いてなかったし。ま、これ見る限りでは七里《しちり》ヶ浜《はま》か……いや、腰越の方かな。写ってるのは小動岬だろ？」

言われてみるとそんな風に見える。太宰が心中未遂を起こした場所だ。ひょっとすると、他の人たちも太宰の愛読者なんだろうか。

「他の方はどなたなんですか？」

栞子さんの質問に、杉尾は腕組みをした。

「田中さん以外はよく分からねえんだ。ただ、この人はうちの店へ来てたらしい。古書の趣味があったんだろう」

田中嘉雄の左隣にいる、もう一人の白いシャツの男を指差す。吊《つ》り目がちで顎《あご》が突き出ていて、がりがりにやせ細っている。人相はあまりよくないが、この中では一番屈託なく笑っている。

「この写真をお袋に見せたら、田中さんと一緒に来たことがあったんで、挨拶した憶えがあるそうだ。鎌倉のどこかに住んでいて、確か名字は『小谷《こたに》』だと。下の名前は聞かなかったらしい」

「他のお二人は……？　和服の方と、セーラー服の方」

と、栞子さん。「小谷」に反応しなかったところを見ると、心当たりはなかったようだ。今も鎌倉に住んでいるのか、生きているのかも分からないが、うちの店には出入りしていないのだろう。

「残りの人たちは分からんなあ。お袋も見たことがないと言ってたし」

この写真はアルバムに大事に仕舞われていた。五人の打ち解けた感じからすると、顔見知り程度の付き合いではなさそうだ。家族がまったく知らないのは奇妙だった。

「あら。ここにもどなたか写っていますね」

ほっそりした指が半開きになった窓の奥を指差す。言われてみると、黒っぽい服の背中らしいものが写っている。杉尾は眼鏡をずらして、テーブルに影がかかるほど目を近づけた。

「気がつかなかったな……女かこれは。いや、部屋ん中に服がかかってるだけか？」

写真からは判断できそうになかった。それについて他に話すこともなく、栞子さんが話題を変えた。

「先代と田中さんはよくお会いになっていたんですよね」

杉尾はちょっと答えにくそうに二重顎を撫《な》でた。

「まあな。俺がガキの頃……それこそ、この写真を撮った頃まではよく行き来してたはずだ。親父も田中さんも太宰が好きで、一緒に研究サークルみたいなのを作ってた……『ロマネスクの会』って言ったかな。いかにも昔の文学青年って感じだろ」

「ん？　ロマネスク……」

太宰治となにか関係のある言葉だったような。頭を悩ませていると、栞子さんが助け船を出してくれた。

「『ロマネスク』は『晩年』に収録されている短編です。数奇な運命を辿ってきた青年たちの人生が順番に語られていって、最後に出会った彼らが意気投合するところで終わるんです。寓話《ぐうわ》的《てき》な要素の強い作品ですね」

そうだった。読んではいないが『晩年』の目次で見た――俺の隣で杉尾が渋い顔をしている。そんなことも知らないのかと言いたげだ。

「あの……立ち入ったことを伺うようですけど、先代と田中さんの間には、なにかあったんでしょうか？」

杉尾の動きが止まる。胸のうちをどんな思いがよぎったのか、しばらく遠い目でテーブルを凝視して、ふうっと太い息を吐く。

「ま、なにかはあったんだろうな。ある時から田中さんはぱったり来なくなった……親父も名前を口にしなくなった。年賀状のやりとりは続けていたから、ただのケンカ別れってわけじゃなさそうだが。親父は田中さんの葬式にも行ってるし、何回か墓参りもしていた」

「原因については、なにもおっしゃらなかったんですね」

「ああ。少なくとも家族には言わなかった。なにがあったのか、聞きにくい雰囲気だったしな……いや、実は一回だけ訊いたことがあるんだ。田中さんが亡くなった時だったな。急に会わなくなったのは、絶交でもしたのかって。

詳しく話してくれなかったが、絶交したつもりはないと言ってたよ。あとは一言だけ……『待つ身が辛いのか、待たせる身が辛いのか、どっちだったんだろうな』」

太宰が檀一雄につぶやいたという言葉とほとんど同じだ。栞子さんが深く考えこんでいる様子だったので、俺が口を開いた。

「どういう意味なんです？」

「さあ、俺も分からん。誰かに教えて欲しいぐらいだ」

わざわざその言葉を引いたということは、太宰の作品に関係するなにかが起こったのかもしれない。俺は田中嘉雄が持っていたという謎の『晩年』を思い浮かべていた。なにしろ古書コレクターと古書店主の間で起こったことだ。

「……田中嘉雄さんの蔵書について、なにかご存じのことはありませんか。砂子屋書《まなごやしょ》房《ぼう》の『晩年』の初版をお持ちだったそうなんですが」

ついに栞子さんが核心に触れた。杉尾は目を瞬かせる。どんな答えがかえってくるのか、息を詰めて待った。

「そこまでは知らんな。うちに来た時に親父と古書の話をしてた気はするが……さっぱり憶えとらん」

まあ、当たり前と言えば当たり前だ。子供の頃会ったきりの父親の友人が、どんな古書の話をしていたか憶えている方がおかしい。栞子さんならともかく。

「ただ、田中さんの話かどうかは知らんが、砂子屋書房の『晩年』の珍本《ちんぽん》を、鎌倉のコレクターが持ってるという噂は聞いたことがある……もともと、開店したばかりの頃に虚貝堂で売られてたもんだそうだが」

レンズの奥で、栞子さんの瞳がきらりと輝いた。虚貝堂が開店した時、田中嘉雄が大量の古書を買っていったという話と符合する。

「どんな珍本だったんでしょうか？」

前のめりに尋ねる。杉尾は首を横に振った。

「そこまでは分からん。親父の死んだ後に聞いた話で、確かめようがなかった……さっきから分からんばっかりで悪いな。依頼されて本を捜してるのに、これじゃ役に立たんだろう」

俺は息を呑む。田中敏雄から依頼を受けたとどうして知っているのか。まさか栞子さんが話した——いや、彼女も啞然《あぜん》としている。驚いている俺たちに、杉尾の方が戸惑い始めた。

「あれっ？　違うのか？」

「依頼は受けています……けど、どうしてそれを……」

「そりゃあ、ビブリア古書堂がうちに話を聞きに来るのは、昔からよくあることだったからよ。うちは長年組合の理事をやってるんで、この業界でなんかあれば情報ぐらいは入ってくる……懐かしいなと思ったんだ」

「……母が、してたんですね。こういうこと」

低い声でつぶやく。失踪する前の篠川智恵子も、古書に関する相談事を受けていたという。嫌っている母親と同じことをしているのは、複雑な気分に違いない。

「智恵子さんもやってたが、セイジおじさんから色々訊かれることの方が多かったな。あんたのお祖父さん」

「えっ」

俺たちは同時に声を上げた。どうして栞子さんの祖父の話が出てくるんだ？　杉尾が目を丸くした。

「まさか、栞子ちゃんも知らんのか？　古書組合の支部でも最近は知ってる奴が少なくなったとは思ってたが……智恵子さんからなにか聞いてないのか？」

栞子さんは無言でうなずくと、杉尾はぴしゃりと自分の額を叩いた。

「こいつは驚いた……まあ、あんたのお祖父さんもお母さんも、家族にあれこれ喋る人間じゃなかったからな……店に来る客の相談に乗るのは、もともとあんたのお祖父さんが始めたことなんだよ。報酬を貰うこともあったようだから、副業みたいなもんか。引退する時、店の方は息子の登《のぼる》に継がせて、副業の方は嫁の智恵子さんに継がせたんだ」

予想もしていなかった話だが、腑《ふ》に落ちることもあった。篠川智恵子の奇妙な「副業」に夫や舅《しゅうと》が気付かなかったはずはない。店主たちに止められることもなく、どうして自由に行動できたのか――先代から引き継いだ仕事だったとしたら、それも納得がいく。

「じゃ、ずっと昔からこういう依頼を受けてたんですか、ビブリア古書堂は」

と、俺が尋ねる。

「ああ。おそらく、開店した時からだと思う」

つまり五十年近く前から、ビブリア古書堂の人間は古書をめぐる事件を解決していた――全然知らないうちに、俺たちはその仕事を引き継いでいたことになる。

「あの頃、毎晩のようにおじさんがうちに来て、親父と深刻そうに話しこんでたもんだ……ひょっとすると、親父と田中さんの件で相談に乗ってたのかもしれん」

「虚貝堂さんがお売りになったという『晩年』と、関係があるんでしょうか」

栞子さんが言う。謎の書きこみがある『晩年』がなんなのか、よほど気になっているようだ。

「今となっちゃ分からん。こんなことだったら、親父が死ぬ前に詳しく聞いとくんだったよ……その『晩年』、俺も気になってきた」

杉尾は苦笑して、湯気の消えたコーヒーを一口すすった。

「まあ、おじさんが相談されてたとしたら、なにかいわくのある一冊だったんじゃねえか？　珍しい本を捜す依頼をよく受けてたからな」

7

杉尾と別れた後、俺たちはライトバンに乗って北鎌倉へ向かった。戸塚駅前の商店街を離れて、線路沿いの県道を進む。栞子さんは助手席で黙りこくっていたが、しばらくして小声でつぶやいた。

「わたしたちと同じようなことを、祖父もしていたなんて、初めて聞きました……実感が、湧かないです」

それは俺も同じだ――祖父の代に起こったことを、今は俺たちが調べている。そのせいか、いつも以上に事情がややこしい。

運転しながらこれまで分かったことを頭の中で整理する。

俺たちは田中嘉雄がかつて持っていたという、『晩年』の初版本のゆくえを追っている。もともと五十年近く前に虚貝堂で売られていたものらしい。先代の虚貝堂店主と田中嘉雄は太宰の愛読者で、読書サークルを作るほど親しい間柄だったが、なにかが起こって疎遠になった。その時期に虚貝堂から相談を受けていたのが、栞子さんの祖父、ビブリア古書堂の初代店主だ。この人も太宰をよく読んでいたらしい。

分かっているのはそこまでだ。一体どんなトラブルがあったのか、栞子さんの祖父はどう関係しているのか、まったく見当もつかない。

そもそも俺たちが巻きこまれる発端になった手紙の差出人、今回の依頼人である田中敏雄に祖父の『晩年』の情報を与えた人物、杉尾が見せてくれた写真に写っていた、虚貝堂と田中嘉雄以外の人々——みんな謎のままだ。それに太宰の書きこみがあるという『晩年』の初版本が、どういうものだったのかということも。

「分からんばっかり、か……」

さっき杉尾が言ったとおりだ。ただ、とても偶然と思えないことが一つある。今のところ関係者は全員太宰治を愛読している。分からないことを分かるようにしていけば、いつか田中嘉雄が持っていたという『晩年』に行き着く、そんな予感がする。ただの期待かもしれないけれど。

ふと、助手席からの視線を感じた。栞子さんが俺の顔を覗きこんでいる。つぶやきを聞かれてしまった。

「すいません、独り言です」

言い訳して前を向く。ずっと路線バスが前を走っていて、あまりスピードが出ていない。赤信号にも捕まってしまった。ベージュとオレンジの微妙な色合いの車体を眺めていると、急に栞子さんの咳払《せきばら》いが聞こえた。

「……だ、大輔くんは、ちゃんと努力してると思う。杉尾さんは、ちょっと言い過ぎるところがあって……でも、悪気は、ないんです」

「え？」

「だから、その、あまり心配しなくても……わっ、わたしっ、愛想つかしたりしませんから！」

強い決意を示すように、ブラウスの胸元で握った拳を振っている。

「あの、なんの話ですか？」

栞子さんの全身が固まる。ふと、杉尾の呆れ声が頭の中で響いた。「分からんことばっかりじゃ、そのうち愛想尽かされちまうぞ」――ああ、そういうことか。杉尾の説教を俺が気にしていると勘違いしたんだ。

きりっとしていた栞子さんの顔が、みるみるうちに真っ赤になっていった。ぎこちなく首を動かして、遠くを見るふりをし始める。

「…………べ、別に、なにも？　話してません、けど？」

アクセントがおかしい。俺は噴き出しそうになった。

「いや、今」

伸びてきた手にぱっと口を塞がれる。熱い手だった。なんだこれ。どきどきする。

俺はゆっくり彼女の手のひらをはがした。途端に引っこめられそうになったが、ぎゅっと握ったまま離さなかった。

「ありがとうございます」

真剣に礼を言う。勘違いでも励ましてくれたのは嬉《うれ》しかった。

「どっ……どういたしましてっ」

彼女はうつむいたまま、怒ったように言った。まだいたたまれないのか、もぞもぞと上半身を動かしている。そのくせ強い力で俺の手を握り返してきた。変な話だけれど、本当にこの人と付き合い始めたんだと初めて実感した。

もう少し握っていたかったが、信号が青に変わったので諦めた。

「……実感が湧かないっていうのは、本当じゃないかもしれないってことですか？おじいさんのこと」

彼女が落ち着きを取り戻すのを待って尋ねた。バスは違う道路に行ってくれたので、視界が急に開けていた。空には黒ずんだ雲が広がり、雨の気配が漂ってきていた。

「いいえ、本当だと思います。虚貝堂さんがおっしゃることですし」

栞子さんは答えた。

「ただ、わたしの知っている祖父は、生真面目《きまじめ》で愛想のない……ちょっと近寄りにくい人でした。他人から相談されるタイプには見えなかったので……」

近寄りにくいと聞いて、思い浮かべたのは栞子さんの父親だった。篠川家の男が見かけと違うことをしていても不思議はない。栞子さんの父親は常識からかけ離れた妻が失踪しても、十年間ずっと待ち続けていた。

「でも、祖父はわたしの母みたいに、誰かを脅したり、追い詰めたりすることはしなかったはずです……若い頃は神父を目指していたような人でしたから」

「神父って、キリスト教の神父ですか？」

意外な職業だ。そういう人物がまわりにいないので、まったく想像がつかない。

「ええ。敬虔《けいけん》なクリスチャンの家庭で育ったんです。セイジという名前も聖なる司と書くんですよ。聖書の聖から取ったそうです」

篠川聖司《せいじ》か。ようやくちゃんとフルネームが分かった。

「結局、聖職者にはならなかったんですが、信仰は持ち続けていました。だから店の名前も『ビブリア』にしたんです」

俺は首をかしげる。ビブリアだからなんなんだろう。

「……『ビブリア』にはラテン語で聖書という意味があります」

「えっ？　そうだったんですか？」

一年近く働いてきて、店名の由来を初めて聞いた。なぜビブリア古書堂なのか、考えたこともなかった。

「古書店で横文字の屋号は珍しかったので、開店した当時は不思議がられることもあったそうです。外国人のお客さんに聖書の専門店と誤解されたこともあったとか」

そういえば、この人もこの人の母親もミッション系の女子校に通っている。キリスト教に馴染みのある環境で育ったのか。

「じゃ、栞子さんも教会に行ったり……あれ？　してないですよね」

日曜日には礼拝があるはずだが、この人は毎週バリバリ店で働いている。

「あくまで信仰は個人の自由だから、家族にも強く勧めないというのが祖父の方針で……わたしも聖書は読んでいますけど、今のところ信者にはなっていません。うちの家族で洗礼を受けたことがあるのは、祖父だけのはずです……母はちょっと分かりませんけど」

　ふと、疑問が頭をよぎった。生真面目な祖父と、篠川智恵子はどういう関係だったんだろう。性格が合うようには思えないが、信頼していなければ自分の仕事を継がせることもないはずだ。

「祖父が太宰を読んでいたのも、信仰が関係あるかもしれません。太宰は聖書に親しんでいましたし、聖書から題材を取った作品も書いています。わたしが持っている『晩年』に書かれている『罪ノ子』という言葉も、ちょっとキリスト教的ですし」

　ライトバンは北鎌倉に戻ってきていた。駅近くの踏み切りで停まった途端に、俺の携帯にメールの着信があった。誰からのメールか確認する。

「……田中からです」

　読み始めたところで電車が通りすぎて、踏み切りのバーが上がった。俺は助手席にスマホを預けて車を走らせる。線路沿いに歩いている観光客が多かったので、スピードは上げなかった。

「メール、読んでもらえますか」

　どうせ栞子さんに向けた内容のはずだ。彼女は緊張した面持ちで読み進めていく。

「……こちらの質問に対する答えですね。ＳＮＳで『晩年』についての情報をくれた人物のアカウントと、田中嘉雄さんのご友人の連絡先……あ」

「どうかしました？」

「田中嘉雄さんのご友人から、依頼人のところに電話があったみたいです」

「えっ、あっちから連絡してきたんですか？　一度協力を断ったのに？」

「ええ……『晩年』を捜している理由を訊かれて、わたしたちに代理で捜させていることも含めて、事情を説明したと書いてあります。説明が終わったところで、電話を切られたそうですが……」

俺たちはビブリア古書堂が見えるところまで来ていた。もちろん定休日なので閉まっているが、誰かが表のガラス戸から店内を覗きこんでいる。年配の男性らしかった。半袖の白いシャツを着て、グレーのハンチングをかぶっている。

「そのご友人のお名前は、小谷さんだそうです。小谷次郎《じろう》さん」

「小谷……」

俺はつぶやいた。さっき杉尾が見せてくれた写真にうつっていた、吊り目ぎみの男の名前だ。今店の前にいる老人の横顔にも、その面影がはっきり残っている。彼の近くで車を停めて、窓を開ける。

「……と、当店に、なにかご用ですか？」

おずおずと栞子さんが話しかける。老人は直立不動のまま帽子を取った。

「あんた方に、話があって来た」

小谷次郎は嗄《か》れた声で言った。

8

栞子さんは篠川家の和室に小谷を通した。老人は背筋をきちんと伸ばして正座し、俺たちと向かい合った。当たり前の話だが、あの写真とは外見がかなり違う。髪の毛はほとんどなくなり、たるんだ皮膚にはしわも刻まれている。

しかし、なにより違うのは表情だ。写真で見せていた明るい笑顔はかけらもない。陰気で気難しそうな人物だった。

「田中敏雄という男から、連絡があった」

自己紹介も前置きもなく言った。よほど不愉快だったのか、さかんに頬を引きつらせている。

「あんたの方がよくご存じかもしれん。犯罪者だ。保釈というやつで外へ出て、自分の祖父の持っていた太宰の古書について嗅ぎ回っとる。わしのところへも電話をかけてきた。一度は撥《は》ね付けたが、なにを企んでいるものか、心配になって問いただしたんだ……ところで、あの男にひどい目に遭わされたというのは、あんたで間違いないかね」

栞子さんが一年前の事件の被害者だと知っているようだ。鎌倉に住んでいるのなら、それぐらい知っていても不思議はない。

「は、はい……間違いありません」

「だったら、どうしてあんな悪党の本捜しなんぞに協力しとるんだ。あんたのような若い娘さんが……もしあの男に脅されているようなら相談に乗ろう。一緒に警察へ行ってもいい」

熱のこもった口調に、俺は小谷への印象を改めた。栞子さんを心配して、こうして訪ねてきたらしい。

「いえ、その……わ、わたしは、脅迫されているわけではありません。自分の意志で、依頼を受けたんです……必要があると、感じたので」

彼女は事情を説明していった。本を捜しているのは、今の持ち主に警告するためであること。もし見つけても田中に報告するつもりはないこと——もちろん、この店に届いた脅迫状の件は伏せている。

老人は身じろぎせずに耳を傾けていた。不快そうな表情を崩そうとしない。

「しかし、そういったことは警察に任せた方がよくはないかね。万が一のことがあるかもしれん」

「今のところ、田中敏雄さんは祖父の蔵書のゆくえを捜しているだけですし、警察もそれを止めることはできないと思います」

栞子さんの語り口はいつのまにかなめらかになっていた。大きく言えば本についての話なので、スイッチが入ったらしい。

「もちろん、危険を感じたらすぐに警察には通報するつもりです……一人でやっているわけではありません。その、彼もいます」

声に照れが混じった。あ、俺のことか、と少し遅れて気付いた。ちゃんと頼りにしてくれている。

「俺も気を付けます……この人を危険な目には遭わせません」

胸を張った俺を、小谷がじろりと見上げる。視線の冷ややかさにたじろいだ。

「大きいな、あんたも」

抑揚のない声で言う。

「さっき、田中がいるのかと思った」

その言葉にぎくりとした。田中といっても今生きている孫の方ではなく、祖父の田中嘉雄に違いない。写真を見た限り、顔は似ていないはずだ。それでも体格には共通点があるのだろう。

「田中嘉雄さんとは、親しくされていたんですよね。ご友人だったと伺っていますが……」

栞子さんが尋ねる。小谷の表情が険しさを増した。

「いや。友達ではない」

俺は首をかしげる。田中敏雄は「祖父の友人」だとはっきり言っていたし、杉尾の母親も虚貝堂に二人でやって来たことを憶えている。

「時々顔は合わせておったし、多少の付き合いはあったが、友人と呼べるほどではなかった……なぜか、そう思いこむ連中が多くてな」

「どういうきっかけで知り合われたんですか？」

「わしは大船にある撮影所の製作部で働いていた。独身時代は撮影所近くの定食屋で夕食を済ませていた……定食屋といっても、夜になるとちょっとした料理や酒も出す店でな。スタッフのたまり場になっていた。もう、閉店してしまったようだが。

あの頃、撮影所の周りにはそういう店がたくさんあった。その店で出会ったわけだ。

田中は撮影所に知り合いが多かったので、大船によく来ていたんだな」

「……ごうら食堂ですか」

俺は祖母が切り盛りしていた食堂の名前を口にする。小谷の顔色が変わった。

「どうしてそれを知って……待てよ、あんたは五浦といったな。ひょっとすると、絹《きぬ》子《こ》さんの息子か？」

「五浦絹子は祖母です」

俺の答えに老人は自嘲めいた笑みを浮かべる。

「そうだな、息子のわけはない……もう五十年も前だ。しかし、なんという縁だろう。絹子さんは元気なのか？」

「二年前、亡くなりました。脳に腫瘍が見つかって」

「そうだったのか。絹子さんが……ご焼香にも伺えず、失礼いたしました」

突然、折り目正しく詫《わ》びた。俺は慌てて礼を口にする。縁があると言えばそれまでだが、少し気味が悪くなり始めていた。篠川家だけではなく、五浦家も今回の件に繋がった。これはただの偶然なんだろうか——。

「田中嘉雄さんもごうら食堂にはよく行ってたんですか？」

動揺を押し隠して尋ねる。祖母と田中嘉雄の関係について、なにか知っているかもしれない。しかし、小谷はためらう様子もなく答えた。

「常連の一人だったが、わしほどたびたびは行っていなかったな。ただ、行った時は絹子さんと長話をしていたことは憶えている。話題はもっぱら文学だった……よく本の貸し借りもしていたようだ」

「本の貸し借り？」

「そうだ。わしも含めて、常連とはよくやっていた。絹子さんは明治大正の近代文学が好みだったようだが、常連たちが薦める新しい作品も一通り読んでいた。本好きの客にはサービスがよくてな……ツケで飲み食いさせてもらったものだ」

田中嘉雄とのことは知っていたが、他の常連客とも親しくしていたことは初めて聞いた。撮影所に活気があり、祖母も若かった頃のごうら食堂は、俺の知っている寂れた定食屋とは別物らしい。

「小谷さんも、田中さんと文学の話をされていたんですか？」

さりげなく栞子さんが話に入ってくる。老人は座卓に置いた手を組み直した。

「いや……あの男とは趣味が合わなかったな。特に太宰を好んでいたのが、青臭くてかなわなかった。あんた方は古本屋だから分かるだろう。太宰は大いに人気はあるが、作品は深みに欠ける」

「……そういう意見も、あるかもしれませんね」

　とたんに栞子さんの声が低くなった。表情は変わらなかったが、いつも一緒にいる俺には分かった――かなり怒っている。はらはらしている俺を尻目に、小谷は話を続けた。

「苦悩する自分を戯画化して、小説の形で切り売りすることには長《た》けていた。それは認めるが、学生のうちに接すれば十分じゃないかね。わしもそうだった。大人になってからは読み返す気も起こらん。若くしてあんな死に方をしなければ、とっくに顧みられなくなっているはずだ。いわゆる無頼派《ぶらいは》でも、坂口安吾《さかぐちあんご》や石川淳《いしかわじゅん》の方が優れた作家だろう。それに……」

「わたしはそう思いません」

　栞子さんは相手の言葉を遮った。遮られた方は呆気に取られている。

「早すぎる死を迎えたことが、人気の一端になっていることは確かだと思います。でも、無頼派と言われる他の作家たちにだって、大なり小なりスキャンダラスな面はありました。今、名前を挙げられた坂口安吾や石川淳は太宰の才能を認めていましたし、亡くなった時には心のこもった追悼文を……」

　そこでやっと口をつぐむ。俺に肘でつつかれていることに、気付いてくれたようだ。

小谷に向かって頭を下げる。

「す、すみません……わたし、太宰が好きで……」

「いや……こちらも少し言い過ぎた」

老人は居心地悪そうに目を逸らす。俺は小谷の態度に違和感を覚えていた。はっきりこれと言えるわけでないが、どことなくおかしい。なにかを隠している気がする。

「見ていただきたいものがあります……大輔くん、さっきのものを」

栞子さんに促されて、膝に置いていたショルダーバッグからモノクロ写真を取り出す。別れ際に杉尾が貸してくれたものだった。一瞬、小谷が息を呑むのがはっきり分かった。

「どこで手に入れた？」

「この写真にもうつっている、杉尾さんの息子さんがお持ちでした。虚貝堂さんともお知り合いだったんですね？」

「……何度かその店には行ったことがある。わしにも少しは古書の趣味があった」

栞子さんは名前の分かっていない、親子らしい二人を指差した。

「このお二人はどなたなんですか？」

小谷は目を細めて体を引く。老眼のせいだと思うが、写真を遠ざけたようにも見えた。

「和服の方は富沢《とみざわ》さんという大学教授だ。隣にいるのが娘さんだ……長年太宰の研究をしていて、評論をいくつも書いている。その道では知られた人のようだ。杉尾と田中が通っていた大学で教鞭《きょうべん》を執っていた。二人にとっては師匠のようなものだな」

言葉を選ぶようにゆっくり説明する。大学を卒業した後も、師弟の関係を続けていたということか。

「写真の場所は、腰越ですね」

「そうだ。富沢さんの家の庭だ。太宰に縁のある場所が見えるから、この家を買ったと聞いている……今もまだそこに住んでいて、近所にいる娘さんの世話を受けているらしい。田中たちはよくこの家へ行き、富沢さんから太宰について教えを受けていたようだ」

和服の男性も熱烈な愛読者というわけだ。そんな理由で家を買おうなんて普通は考えない。

「小谷さんは、どうして富沢さんのお宅に伺ったんですか？」

「わしが撮影所の製作部にいたことは話しただろう。小動岬が見える庭で映画のロケをすることになって、田中から富沢さんの家を紹介された。この日は下見に行っていたんだ。田中と杉尾は太宰の研究会のようなものを作っていて、ちょうど富沢さんから講義を受けに来ていた」

「ロマネスクの会、ですね」

栞子さんが思い出したように言った。

「ああ、そんな名前だったな……会員は連中だけだったが」

「やっぱり、太宰の『ロマネスク』にちなんでいるんでしょうか」

「由来までは分からん。読んどらんしな。とにかく、連中が講義を受けている間に、わしは庭の様子をカメラで撮っていた。その後、皆で記念写真も撮ったというわけだ」

「その後、富沢さんとのお付き合いは……？」

「いや、なにせ太宰の研究者だ。わしとは本の趣味が違う……何度かはお会いしたが、それだけだな。もうかなりの高齢のはずだ」

一応、筋は通っている気がする。ただ、写真にうつっている小谷の笑顔が引っかかっていた。今聞いている説明と、なんとなく食い違っているような。五十年前の出来事について、この人はもっと知っているんじゃないのか——栞子さんの顔を窺うと、彼女も納得していないようだった。これは俺たちにも関係があることなのだ。

「この写真が撮影される少し前、田中嘉雄さんは虚貝堂さんから『晩年』の初版本をお買いになったようなんです……なにか、お心当たりはありますか？」

栞子さんが本題に入った。小谷は眉を寄せて考えこむ。記憶を辿っているのか、答えに迷っているのか、俺には判断がつかなかった。

「……『晩年』の珍本を手に入れたという話は、田中から聞いたことがある。どういう珍本かは聞かなかったが……真偽に自信がないので、富沢さんに見てもらうつもりだと言っていた」

「その後、どうなったんですか？」

栞子さんが身を乗り出したが、相手は首を振った。

「そこまでは知らん。後は富沢さんに聞いてくれ……電話番号を教える。一応、娘さんの名前もな」

ポケットから手帳を出して一枚破った。住所録のページを開いて、名前と電話番号を達筆で記《しる》していく。名前は「富沢博《ひろし》」と「富沢紀子《のりこ》」。電話番号の市外局番は鎌倉のものだった。

「富沢さんには小谷の名前を出さんでくれ。電話番号も別の誰かに聞いたことにして欲しい」

俺たちにメモを差し出しながら、強い口調で言う。過去になにかあったのはもう間違いなかった。そうでなければこんな条件をつけるはずがない。

どうしてですかとも、分かりましたとも栞子さんは言わない。眼鏡越しの視線は小谷をとらえたままだ。俺は固唾を呑んでなりゆきを見守っていた。この頑固な老人から、話を聞き出す方法なんてあるのか？

「この写真が撮影された少し後から、田中さんと杉尾さんはあまりお会いにならなくなったそうです。なにかご存じではありませんか」

「知らん」

にべもなく答えて、腰を浮かそうとする。

「これで話は済んだ……」

「杉尾さんは当時のことをこうおっしゃっていたと聞いています」

相手の言葉を遮るように栞子さんが続ける。

「『待つ身が辛いのか、待たせる身が辛いのか、どっちだったんだろうな』」

一瞬、小谷が大きく目を見開いた。思い当たる節があったらしい。しかし、すぐに動揺を抑えこんだようだ。

「……檀一雄の『小説 太宰治』から取ったんだな。わしもそれは読んでいる。『走れメロス』の発端だとかいうエピソードだ。大した意味などないと思うが」

「でも、なにか意味があって引用されたはずでしょう。『走れメロス』は友情についての物語ですし、『小説 太宰治』も檀一雄と太宰の親交を語った実名小説です……『走れメロス』の方は、お読みになっていますよね？」

「嫌でも読む機会はあるだろう。中学生の頃、教師に薦められて目を通したが、それっきりだ。大した小説ではないな。あんなものを評価する人間の気が知れん」

ふと、小谷に覚えていた違和感の原因に気付いた。太宰の作品について妙に手厳しい。それだけならまだ分かるが、長々と悪口を言い続けている。嫌いなら触れなければいいはずだ。結局、好きということなんじゃないのか——代表作しか読んでいないと言っていたのに、どうして嫌いなんだろう。

「『走れメロス』は代表作だとされているが、下敷きになっている作品がある」

「えっ、そうなんですか？」

つい俺は聞き返してしまった。そんな話は初耳だ。それで勢いづいたらしく、小谷はさらに続けた。

「ローマ時代から伝わる伝承をもとに、ドイツの詩人シラーが『人質《ひとじち》』という詩を作っている。残虐な王に言い渡される死刑、女きょうだいの結婚、三日間の猶予、人質の友人、王との和解……『走れメロス』を構成する要素はほとんど入っている。太宰はシラーの詩を小説に仕立てただけだ」

「……『走れメロス』の最後には、シラーの詩と古い伝説をもとにしたことも書かれていますが」

栞子さんが抑えた声で言い返す。小谷は冷笑で受け流した。

「ただの翻案であることに変わりはない。『人質』を読めば『走れメロス』など手に取る必要はないと分かる。『人質』の方がはるかに簡潔で美的だ」

「確かに美しい詩だと思いますが……シラーの『人質』をお読みになったのは、筑摩《ちくま》書房《しょぼう》の『世界文学大系』ですか？」

「ああ。わしの若い頃に刊行が始まったからな。あの全集で初めて読んだ作品も多かったものだ。あの伝承は他の本でも読んでいる。キケロの『義務《ぎむ》について』、あれは岩波文庫《いわなみぶんこ》の青帯だったかな……メロスとセリヌンティウスについての伝承を簡潔に紹介していた。どちらにせよ、太宰の小説より印象に残っている」

不意に栞子さんが黙りこむ。小谷はすかさず帽子を手に取った。帰るつもりだ。ここで逃げられたら、二度とこの人は俺たちに会ってくれないだろう。できるかどうか分からないが、とにかく引き止めようとした時、栞子さんが口を開いた。

「主人公たちの名前を、もう一度言っていただけますか」

妙に強い調子だった。小谷は軽く顔をしかめる。

「……なんの話だね」

「シラーの『人質』、キケロの『義務について』、どちらでも構いません。あの物語に登場する主人公と友人の名前です……印象に残っているなら、憶えていらっしゃるはずです」

静寂が部屋に満ちた。老人は虚を突かれたように黙りこくっている――そのことに俺は戸惑っていた。いや、たった今言ったばっかりじゃないか。『走れメロス』の元ネタなわけだし。

「メロスとセリヌンティウス……ですよね」

俺は小声で尋ねる。驚いたことに、栞子さんはきっぱり首を横に振った。

「あの伝承を取り上げた著作はいくつかありますが、登場する名前は一定ではないんです。シラーの『人質』や、キケロの『義務について』では、登場人物はメロスとセリヌンティウスではありません……ダーモンとピンチアースです」

「え……全然違うじゃないですか」

「そうなんです。日本でこの物語の主人公はほとんどメロスと決まっていますが、欧米ではダーモンの方が一般的です。シラーの『人質』が翻訳される際、どういうわけか主人公の名をメロスとした訳があったんです。太宰はそれを参考にしたと言われています」

初めて知ることばかりだった。もともと太宰マニアとはいえ、この人の知識はやっぱり普通ではない。その知識を使って、この老人に真実を言うよう迫っている。

「小谷さんは、シラーの『人質』も、キケロの『義務について』もきちんとお読みになっていませんね。でも『走れメロス』の原典にはとてもお詳しい……少なくとも以前は太宰の愛読者で、作品の成立について調べられたのではありませんか？」

小谷の喉がごくりと動き、開きかけた唇が震えた。

「違う……太宰などろくに読んでおらん」

それでもまだ認めようとはしなかった。

「わたしにはそう思えません。太宰を嫌っているとおっしゃっていましたが、小谷さんの周りには不自然に太宰の愛読者が多いです。本当は田中さんや杉尾さんと同じく、あなたもロマネスクの会の一員だったのではないですか？

太宰の『ロマネスク』では、それぞれ数奇な人生を歩んできた男たちが最後に出会い、深い親交を結びます。その結末にちなんでいるなら、会員が二人しかいないのは不自然です。人が足りません」

「バカバカしい。一人足りなくても、大した問題ではあるまい」

口に出してから、小谷は愕然《がくぜん》としたようだった。読んでいない俺にも分かる。ずっと栞子さんはこれを狙っていた。小谷に反論していたのは、ただ太宰の愛読者だからではない。この老人に太宰を語らせて、ボロを出すよう仕向けていたのだ。

「どうして『ロマネスク』に登場する男たちが、三人だとご存じなんですか？」

9

「十代の頃に太宰を読んで、一度卒業した気になっていたのは本当だ」

小谷はかすれた声で話し始めた。窓の外ではにわか雨が地面を叩いている。部屋の中は薄暗くなっていたが、明かりを点けるような雰囲気ではなかった。

「他の無頼派の作家に興味が移ったことも嘘ではない。撮影所で働いていたくせに、当時のわしは映画よりも文学に関心があった。所内でもあまり同僚と交わらず、休日は一人で読書に耽《ふけ》ることが多かった。友人らしい友人もいなかった。

そんなある日、ごうら食堂でたまたま田中や杉尾と相席になった。彼らは酒を飲みながら太宰の文学の素晴らしさについて語り合っていた……まさに話題は『走れメロス』だったと思う。こちらも若かったし、聞いているうちに我慢ならなくなって、気がつくと反論を始めていた」

「それが、きっかけだったんですね」

しんみりとした口調で栞子さんが言った。

「そうだ。特にいかにも太宰かぶれのなりをした田中が気に食わなかった……しかし、喧嘩腰《けんかごし》の見知らぬ男を彼らは喜んで迎え入れてくれた。太宰を懐疑する者がいれば、もっと議論は盛り上がると言ってな。みんな若かったんだ。侃々諤々《かんかんがくがく》の末に、気がつくと意気投合し、その場で会を作ろうと田中が言い出したんだ。『まったく違う人生を歩んできた三人が、酒を出す店で出会った。まるで太宰の『ロマネスク』だ。面白い符号じゃないか』と」

そして、俺に向かって微笑んだ。

「働きながら聞いていた絹子さんも笑っていた。その晩は全員におごってくれたよ……わしらは親友同士になった」

見たわけでもないのに、なぜかその光景を思い浮かべることができた。今、俺の住んでいる家で、遠い昔に起こったことなのだ。

「素人《しろうと》が勢いで作った会だったが、ロマネスクの会はそれから何年も続いた。各人が好きな文学的なテーマで研究し、ごうら食堂に集まっては成果を発表していた。研究者の富沢さんが協力してくれたおかげでもあるな。太宰に限らず、貴重な初版本や部数の少ない研究書などを蔵いっぱいに持っていた。書庫の中でなら、自由に蔵書を閲覧することが許されていた。子供のような大らかな人で、わしらは先生と呼んで慕っていた。しかし……」

小谷は苦しそうに口ごもる。よほど言いにくいことがあったようだ。三人の間には一体どんなことがあったんだろう。

「わたしたちは『晩年』のゆくえを捜すために、当時の詳しい事情を知りたいだけです。口外はしません」

栞子さんがいたわるように言った。老人は軽く首を振った。

「いや、今さら隠す必要もないことだ。すべてを話そう……ある時から、わしら三人は富沢家の出入りを禁じられた。この写真を撮った何ヶ月か後だ。秋の中頃だったと思う」

俺は頭の中で時期を計算する。昭和三十九年の十月あたりということか。

「この庭を映画の撮影に使わせてもらったと言ったが、それも事実だった。写真もそのロケハンのついでに撮った。撮影が無事に終わり、久しぶりに体が空いたわしは富沢さん……先生の家を訪れた。すると、門前払いを食わされてしまった。娘さんの話では、ロマネスクの会の誰かが、先生が一番大事にしていた稀覯本《きこうぼん》を盗んだということだった」

「稀覯本と言いますと……？」

「それすら教えてもらえなかった。古書は諦めるから、二度と出入りを禁じるの一点張りだった」

小谷は淡々と答える。わざと感情を交えないようにしているのが分かった。

「確かに書庫には珍しいものも多かったが、それを盗もうなどと考えたこともなかった。とにかく杉尾と田中に声をかけて集まろうとした……しかし、田中は呼びかけを無視した。手紙にも電話にも応じない。直接、奴の自宅にも行ってみたが、居留守を使われた」

「田中さんが、盗んだってことですか？」

俺はおそるおそる確認した。だとしたら、孫だけではなく祖父も他人の古書を狙う犯罪者ということになる。

「そう考えるしかないだろう。しかし、なかなか信じられなかった。田中はそれこそ太宰のように、いかにも坊っちゃんらしい気弱な性格だったが、人のものを盗むような人間ではなかった。当時、あいつは父親の会社で重役を務めていて、三人の中では一番金回りがよかったしな。

とはいえ連絡を絶つのは明らかにおかしい。逃げ回られた挙げ句、わしは最後通牒《さいごつうちょう》の速達を送った。三人で初めて出会ったごうら食堂で、明日一日杉尾と一緒に待つ。自分たちが力になるから、どうか来て事情を打ち明けてくれと……それでも、あいつは来なかった。その日でロマネスクの会は解散した」

「……盗まれた本は、どうなったんですか？」

栞子さんが尋ねる。

「それも奇妙な顛末でな。杉尾の知り合いが本を取り戻したそうだ。知り合いとやらが何者かは知らんが」

さっき戸塚で聞いた話と繋がった。虚貝堂の店主はこの件を栞子さんの祖父、篠川聖司に相談したのだろう。篠川聖司は本を捜し出して持ち主に返した――栞子さんやその母親のように、有能な人物だったということだ。

「杉尾は詳しい事情を話さなかった。田中が犯人だとも犯人でないとも言わなかった。それでわしは杉尾にも不信感を抱いた。あいつもこの事件に一枚嚙《か》んでいるのではないかと……三人は、お互い完全に疎遠になった」

たぶん、写真に写っていた笑顔の男はその時にいなくなったのだろう。友人たちへの不信が、太宰の作品への否定にも繋がっていったのだ。

「その後わしも家庭を持ち、おおむね平穏に過ごしてきた。田中も杉尾もこの世を去った。しかし、田中があの時なにを思っていたのか、自分にできることはなかったのか、折りに触れて考えてきた……時々、今でもごうら食堂で田中を待っている気がする。あるいは田中の方も、わしを待たせているような気分でいたのかもしれん」

彼は胸の奥深くを探るように目を閉じた。

「『セリヌンティウスよ、ゆるしてくれ。君は、いつでも私を信じた。私も君を、欺かなかった。私たちは、本当に佳い友と友であったのだ。いちどだって、暗い疑惑の雲を、お互い胸に宿したことは無かった。いまだって、君は私を無心に待っているだろう。ああ、待っているだろう』」

一度もつかえずにすらすらと口にする。『走れメロス』の一節だということは俺にも分かった。昔読んだきりだというのは、やっぱり嘘だった。この五十年近く、繰り返し読んできたのだろう。

待つ身が辛いのか、待たせる身が辛いのか——杉尾の父親はこの人と田中嘉雄について言っていたのだろう。田中嘉雄は絶交の後も家族には小谷を友達だと話していた。

待たせるのがまったく辛くなかったはずがない。

「……あんた方が調べている『晩年』の件、実はわしも気になっていた」

と、小谷は言った。

「田中がそれを杉尾の店で買って、富沢さんの家へ見せに行ったのは、わしらが縁を切る二、三ヶ月前だ。なにか関係があるかもしれん」

「どういう『晩年』だったんでしょうか。ご覧になっているんですよね？」

三人の交流を考えれば、見せたと考えるのが自然だ。しかし、小谷は残念そうに首を振った。

「わしは見ていない。太宰直筆の書きこみがあったのは間違いないようだが……田中が見せなかった」

「見せなかった……どういうことですか？」

「田中はその書きこみが本物かどうか、きちんと調べ上げてからロマネスクの会で発表するつもりだった。発表を盛り上げようと秘密にしていたわけだ。実際、わしも楽しみにしていた。それを慮《おもんぱか》って、杉尾も富沢さんも口をつぐんでいた」

「そうですか……」

栞子さんの言葉に落胆がにじむ。俺も残念だった。どういう風に珍しいものなのか、今のところほとんど手がかりがない。ただ、と小谷は話を続けた。

「田中は太宰の心中未遂について、資料を駆使して綿密に調べ上げていた。それとなにか関係があったようだ」

「心中というと、腰越での事件でしょうか?」

「かもしれんな。色々な資料を読むうちに、もっと大変なことを発見した、それも含めて発表するという話だった。富沢さんならもう少し詳しく知っているはずだ。あの家にある資料を使っていたからな」

栞子さんは口元に手を当てて考えこんでいる。五十年近く前に起こったことは漠然と見えてきた。しかし、真相はまだ謎に包まれている。その『晩年』は一体なんなのか、本当に田中嘉雄が盗みを働いたのか——それらを知るには、富沢という人物に会うしかないだろう。

「詳しいことが分かったら、わしに包み隠さず教えて欲しい」

重く、静かな声で小谷は言った。その表情からはさっきまでの曇りが消えている。

「どんなに醜い、聞くに堪えない話でも構わん。覚悟はできている……田中や杉尾の本当の気持ちを知りたい……そして、あの世でわだかまりなく二人に会いたい」

俺は胸を衝かれた。これがこの人の本音だ。一人で何十年も抱えてきた、とても大事なものを俺たちに預けようとしている。

「分かりました」

栞子さんは力強くうなずいた。

「必ず、お伝えします」

第二章『駈込み訴へ』

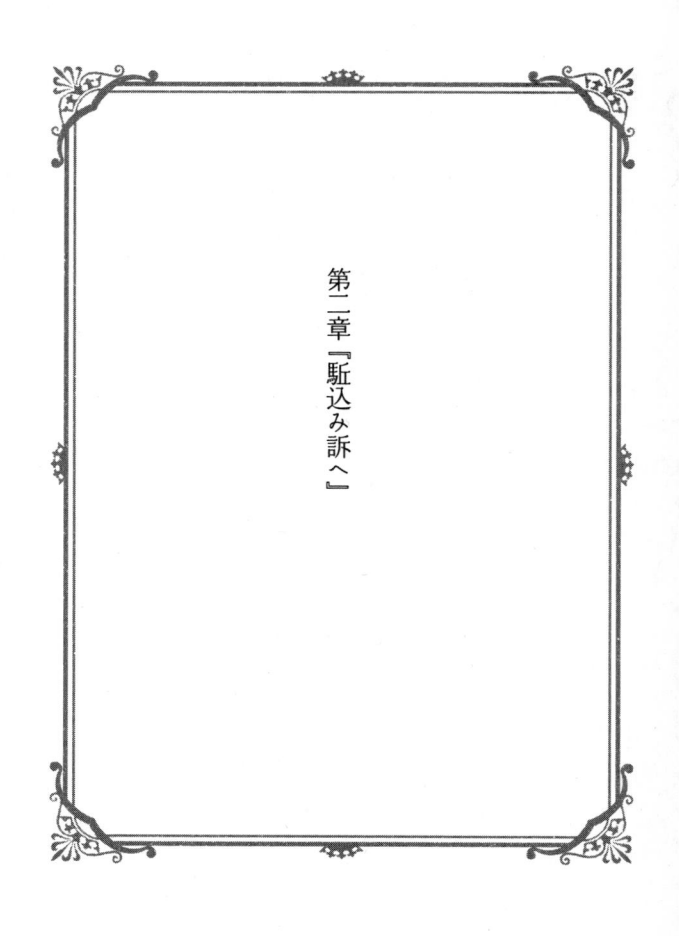

1

『以前、古書について情報交換をさせていただいた春灯《しゅんとう》です』という一文でそのメッセージは始まっていた。「春灯」というのがニックネームらしい。

俺は栞子さんの肩越しにパソコンのモニタを覗きこんでいる。小谷老人が去った後、二人で田中敏雄から来たメールを確認することになった。メールには田中が受け取ったという、古書マニアからのメッセージが添付されていた。それを店のパソコンで開いている。

『以前、あなたは掲示板で砂子屋書房版『晩年』についての情報を求めておられました。去年、田中敏雄という人物の起こした事件に関する報道を見聞きするうちに、あなたがその田中敏雄氏であり、田中嘉雄氏のご親族ではないかと考えるようになりました。

もし誤解であれば、これから先の文章は無視していただいて結構です。

実は田中嘉雄氏所蔵であった『晩年』について、鎌倉近辺に在住する古書コレクターから話を聞いたことがあります。その人物は四十年ほど前、田中氏が安値で手放した『晩年』を手に入れ、大切に保存しているとのことでした。

一部のページはアンカットではなくなっており、署名もないものの、太宰直筆の特殊な書きこみがある珍本だそうです。私個人は太宰にさほどの関心もなかったので、見せて欲しいと頼むこともなく、当時はただ話を聞き流してしまいました。

この件をお伝えすべきか迷いました。しかし、同じ古書収集を趣味を持つ者として、あなたが『晩年』にかける執念は分からぬものでもありません。もしあなたが田中敏雄氏であり、今回お知らせした『晩年』について関心をお持ちであれば、直接お目にかかり、詳しい事情をご説明します。交渉次第では今の持ち主から購入することができるかもしれません。お返事をお待ちしております』

「……なんだこれ」

俺は正直な感想を口にした。結局、どういうメッセージなんだ？　田中から話を聞いた時にも思ったが、具体的な情報がほとんど明かされていない。これを書いている人間も一体何者だろう。

「文面を読む限りでは、『晩年』の取り引きを仲介して、いくらかの手数料を得ようとしているように見えますけれど……これだけでは判断できないですね」

と、栞子さんは言った。

「ただ、このメッセージの目的ははっきりしていると思います。田中敏雄氏の関心を引いて、返事を書かせることです。あえて情報を伏せているのもそのためでしょう。彼から返事が来たのを確認した後で、退会したんです」

確かに退会した相手にはメッセージを送れなくなる。最初に田中が送った時は、まだこの「春灯」のアカウントは残っていたということだ。

「……どうして退会したんですか」

「そこが不思議なんです。一度返信させることだけが目的だったとしても、わざわざ退会する必要はありません。やっぱりこの話は駄目になったと断って、後は相手がなにを言ってきても無視すればいいだけです」

栞子さんはブラウザを立ち上げて、例のSNSのホームページを開き、『春灯』のニックネームやIDで検索をかける。田中が話したとおり、「そのユーザーは退会しています」と表示されるだけだった。

この人物は身元を知られていない。万が一、以前栞子さんが田中にやられたように、異常な数のメッセージを送りつけられたとしても、SNSの運営会社や警察に通報すれば対応してくれる。少なくともいきなり退会しなくてもいいはずだ。

「どういう方なのか、まったく分からないですね。どこかに情報が残っていればいいんですけれど……」

彼女はブラウザのブックマークから別のページを開いた。「神奈川の古書好きあつまれ」というSNSのコミュニティだ。参加メンバーは五百人ちょっと。さほど多い方ではない。県内の古書イベントや、閉店した古書店の情報など、いくつか専門スレッドが作られている。メッセージを田中に送った人物も、ここに参加していたはずだ。もちろん田中もそうだった。

「栞子さんはここに参加してるんですか？」

「わたしは参加してないです。たまに覗いてはいましたけれど、仕事以外ではあまりネットを見ないので……」

そう言いながら、「雑談」というタイトルのスレッドを開く。

「一番活気があるのはこのスレッドです。コミュニティに参加していたなら、なにかしら発言していると思います」

活気があると言っても、熱い議論が繰り広げられているわけでもなかった。どの店で掘り出し物があったとか、買い取りはどこの店が高いとか、誰かが書きこみをすると、日をまたいで別の誰かの返事がつく。それがだらだら続くという感じだ。メンバーの言葉遣いも落ち着いていて、年齢層も高そうだった。しかし何ヶ月も発言を遡っても、例の「春灯」というニックネームは見当たらなかった。

「……退会したから、消えたんですかね」

俺はつぶやいた。栞子さんが首を振った。

「いえ、退会したメンバーの発言も残っています。ニックネームやIDが表示されなくなる仕様になっているようです」

言われてみると、名前が空欄になっている発言がかなりある。このSNSから退会するメンバーも珍しくないようだ。「春灯」がなにを書きこんでいたのかは特定できそうになかった。さらに去年まで過去ログを遡っていくと、俺にも見覚えのあるやりとりがあった。

葛原《くずはら》　2010/3/10　18：24
『長谷の文学館に展示されていた砂子屋書房版の太宰治『晩年』を見ました。いい状態のアンカットでしたね。個人蔵だそうですが、鎌倉近辺のコレクターがお持ちなのでしょうか』

ソノギ　2010/3/11　13：41

『葛原さん　北鎌倉にあるビブリア古書堂のご主人がお持ちだったものだと思います。私も拝見したことがあります。なかなかいいお店ですよ』

俺たちはしばし黙り込む。このやりとりがなければ、栞子さんは田中に身元を知られることも、怪我をすることもなかったはずだ。まさに運命の分かれ目だった――ただ、その場合は俺もビブリア古書堂で店番として雇われることもなく、この人と付き合うこともなかっただろう。複雑な気分だった。

「質問してるのは、田中ですよね」

「ええ。わたしも入院してからこの書きこみに気付いたんです。葛原というニックネームも太宰の『盲人独笑《もうじんどくしょう》』という短編にちなんだものだと思います。主人公の名前が『葛原勾当《こうとう》』ですから」

前後のログを読む限りでは、『葛原』はまともに交流している。自分から質問することもあるが、他のメンバーが振った話題にもちゃんと答えている。何人かのメンバーとはメッセージで直接やりとりもしていたようだ。あんな事件を起こすなんて、誰も想像していなかったに違いない。

「例の『春灯』さんのことはこれ以上分かりませんね。今のところ、調べようがなさそうです」

栞子さんはSNSのページを閉じた。

「じゃあ、これからどうしますか」

「やはり富沢博さんから話を伺うしかないですね……会っていただけるかどうか、分かりませんけれど」

さっき栞子さんは小谷から聞いた番号に電話をかけていた。富沢博の娘――たぶん、写真に写っていた富沢紀子――が出たらしい。たどたどしく事情を説明したが、本人には取り次いでもらえなかった。とにかく父に訊いてみます、返事は後日と言われて切られてしまったという。

あまりいい反応ではなさそうだった。まあ、断られてもおかしくはない。ロマネスクの会の人間に本を盗まれたと思っているなら、田中嘉雄の蔵書のゆくえ捜しになど協力したくないだろう。

ぎらつくモニタから目を上げて、薄暗い店の隅を凝視した。カーテンの閉まったガラス戸からはあまり光が入ってきていない。晴れていれば西日の当たっている時間なのだが。

（……違う線からも調べた方がいいのか？）

いや、その前に小谷からも言われたとおり、警察に相談した方がいいのかもしれない。今回の件は深入りすればするほど危険な気がする。そういう兆候もすでに出ている。

ふと袖を引っ張られて、栞子さんの方を向いた。

『どうしました？』

というメモを無言かつ真顔で掲げている。俺は笑いをこらえた。この前、メモで指示を出して以来、時々こうして筆談で話しかけてくる。この場合あまり意味がないと思うのだが、習慣みたいになっているらしい。

だったら俺も付き合うか。足下に置いていたショルダーバッグから、仕事で使っているメモとボールペンを出して書き始める。少し気分が軽くなっていた。

『今度のこと　早く終わればいいと思って』

という言葉を見せる。栞子さんはうなずいて、自分のメモに返事を書いた。

『そうですね。店の仕事もありますし。今日もせっかくの定休日だったのに、』

そこで急にペンが止まった。定休日だったのになんだろう。続きを待っていると、彼女は前のめりにうつむいてしまう。膝の上のメモが見づらかった。しばらくして、端の方に小さな字で書き添えた。なぜか手が震えている。

『本当は　ふたりで、どこか　行きたかったです』

動悸《どうき》が跳ね上がった。目の前の彼女しか見えなくなる。この瞬間にここに栞子さんの妹が入ってくるとか、盗み聞きをされているとか、そういう心配が頭から吹き飛んでしまった。俺は屈みこんで、スカートの膝に置かれたメモの余白に、自分の言葉を書きこんだ。

『俺も同じこと考えてた』

急に彼女の指からペンが落ちた。思わず目で追おうとした時、栞子さんに頭を引き寄せられた。考えが追いつく前に、唇に温かく柔らかいものが押しつけられていた。視界に入るのは彼女の顔と本ばかりだ。そういえば、と頭の片隅で思った。出会ったのはこの店の前だった。初めてのキスもこの店だ。つくづく古書に縁がある。

「……きゅ、急で、すみません……我慢、してた、んですけど」

吐息混じりで耳元に囁かれる。我慢していたのはこっちも同じだ。

今度は俺の方から同じことをした。

2

昼過ぎまで降っていた雨も止み、東の空に青空が覗いている。坂を上がりきったところに車を停めて、ひやりと湿った風が海から吹いてきた。

栞子さんと俺はスレート屋根の古い家の前にいる。西洋風の建築だと思うのだが、なぜか白壁の土蔵と一体化している。たぶんもともとあった蔵にくっつけるように家を建てたんだろう。理由はよく分からないが。

ここは腰越にある富沢家だ。昨日、富沢博の娘から電話があり、今日の午後に来て欲しいと言われたのだった。定休日ではなかったので、仕方なく一時的に店を閉めてここへ来ている。高校から帰り次第、栞子さんの妹が店番に入ってくれることになっていた。

錆《さ》びの浮いた鉄の門を開けて、杖を突いた栞子さんを先に通す。ぎくしゃくした足取りで、うつむいたまま門をくぐっていった。キスした日以来、彼女の態度がおかしい。俺と目を合わせまいとしているのがバレバレだ。そっとしておこうと思っていたが、あまり長引くとこっちも照れてくる。

突然、栞子さんが足を止める。カーディガンを羽織った背中にぶつかりそうになった。

「どうしたんで……」

彼女の視線を追った俺も棒立ちになる。玄関の手前が庭になっていて、腰越の海を一望できた。雲の切れ間から光の束が降り注ぎ、灰色がかった沖合が輝いている。

「……きれい」

と、栞子さんはつぶやく。海岸の右手には緑に覆われた岸壁があった。

「あそこ、小動岬ですよね」

「……そう、ですね」

何十年も前に撮られたあの写真と驚くほど変わらない光景だ。芝生に覆われた庭もよく手入れされている。きっとこの家に住んでいる人たちが、大事に守ってきた場所なのだろう。

ふと、視線を感じて建物に目を移す。庭に面した大きな窓から、腰の曲がった小柄な老人がこちらをじっと見ていた。視線が合ったのは一瞬だけで、すぐにカーテンを閉められてしまった。はっきり顔を確認する余裕はなかったが、たぶんあの写真に写っていた一人だと思う。

「い、行きましょうか」

栞子さんが玄関に向かう。コテージのような手すりのついたポーチがある。壁に埋めこまれたブザーを押すと、ほとんど間を置かずにドアが開いた。ゆったりした赤いニットを着た初老の女性が立っている。短くカットされた白髪は明るいブラウンに染められていた。

「き、昨日、お電話いただきました……ビブリア古書堂の、篠川と申します……」

「富沢紀子です。初めまして。わざわざごめんなさいね」

てきぱきした口調で言い、後ろにいる俺に目を留めた。怪訝《けげん》そうな表情を浮かべている。小谷と会った時のことを思い出したが、あんなに冷たい目つきではなかった。俺たちに敵意を抱いているわけではなさそうだ。

栞子さんは杖を突いていない手を俺に向けた。

「あの……かっ、彼は……店員の、五浦です」

口ごもってはいたが、珍しくちゃんと紹介してくれた。初めてじゃないだろうか。ただし顔が真っ赤だ。これで普通の店主と店員だと思う人はいないだろう。富沢紀子も不思議そうに俺たちの顔を見比べている。

「五浦です。初めまして」

決まりの悪さを感じながら、俺も頭を下げた。

俺たちは薄暗い廊下を歩いていった。大きな錠のかかった、場違いに頑丈そうな扉が廊下の一番奥に見える。例の土蔵に通じているようだ。床や壁はどこも古びて茶色がかっているが、腰の高さに設置された手すりだけが真新しかった。

案内されたのは海の見える和室の客間だった。建物は洋風だが、畳敷きの部屋もあるのだ。座卓の向かいに座ったのは富沢紀子だけだった。さっきの老人が現れる様子はない。

「五年前に母が他界してから、父は一人暮らしになってしまって……わたしが週に何度かここへ通ってきています」

説明しながら、紅茶のカップを俺たちの前に置いてくれる。

「わたしも仕事を持っているので、時間にあまり余裕がないの。急で申し訳なかったけれど、今日お呼び立てしてしまったんです」

理性的で落ち着いた喋り方をする人だ。声もよく通る。たぶん説明することに慣れているのだろう。講師かなにかをやっているのかもしれない。

「と、富沢博さんは、ご在宅ですよね」

　栞子さんはさっきより落ち着いていたが、まだ動揺を隠せていない。富沢紀子は表情を曇らせた。

「ええ。書斎にこもっているわ……あなた方と話す気はない、もし来ても追い返せの一点張りで。ロマネスクの会の話は、父にとってタブーになっているから」

　端で聞いている俺はがっかりした。せっかくここまで来たのに——あれ、待てよ。だったらなんで俺たちはここにいるんだ？

「ではどうして、わたしたちをお呼びになったんですか？」

　栞子さんが尋ねる。そうだ。呼ぶだけの理由があるはずだ。

「話があったのは、父ではなくわたしの方。もしあなた方がご存じだったら、教えていただきたいことがあったの」

「……どのような、ご用件でしょう」

「四十七年前、この家でどんなことが起こったのか……あなたのお祖父さま、篠川聖司さんからなにか聞いていないかしら」

　戸惑ったのは俺たちの方だった。まさか質問される側になるとは。

「祖父から、直接聞いたことはありません……電話でもお話ししたとおり、わたしたちは田中嘉雄さんがお持ちだったという『晩年』のゆくえを追って、こちらに辿り着いただけなんです。知っていることといえば、富沢博さんのご蔵書が盗まれてしまい、祖父が取り返したらしいということだけです……」

富沢紀子はうつむいてふっと息をついた。かなり落胆したのが伝わってくる。

「申し訳ありません……むしろ、こちらが当時の事情を伺うつもりでいました」

栞子さんが小さくなって頭を下げると、相手は申し訳なさそうに微笑んだ。

「いいえ。わたしが勝手に期待していただけですもの。あの時、古書は戻ってきたけれど、誰がどんな風に盗んでいったのか、父もわたしたちもまったく知らされなかった。詳しく事情を聞かないことが、篠川聖司さんの出された条件で……。

あの会のどなたかがそんなことをしたなんて、今でも信じられないの。田中さん、小谷さん、杉尾さん……わたしの記憶では、どなたも礼儀正しい方だった」

一見、礼儀正しい人物でもものを盗まないとは限らない。俺はそういう例を知っている。少なくとも、田中嘉雄は友人にもこの家の人たちにも弁解していない。

ふと、引っかかりを覚えた。

栞子さんが古書について相談事を受ける時は、依頼人に真相を明かし、加害者に謝らせようとすることが多い。警察を介入させないなら、当事者たちの間で解決させるしかないからだ。どうして篠川聖司はこういうやり方を取ったんだろう。謝罪と和解の場を設けていれば、彼らの関係は続いていたかもしれない。

なにか、一筋縄ではいかない事情があったんだろうか。

「田中嘉雄さんは砂子屋書房版の『晩年』を、確かに一度ここへお持ちになったわ。この部屋で父と田中さんがその本を開いて、話し合っているところにお茶を持っていった憶えがあるから……」

「どっ、どんな本でしたか？」

とたんに栞子さんの声のトーンが跳ね上がる。しかし富沢紀子は首を振った。

「わたしはよく見ていないわね。その時はまだ中学生で、稀覯本にまったく興味はなかったから。父の持っていた『晩年』と比較しているようだった」

「……お父様も、砂子屋書房版の『晩年』を、お持ちなんですか」

「何冊か書庫にあるんじゃないかしら」

こともなげに彼女は答え、唖然としている俺たちに言葉を継いだ。

「父が太宰を愛読しはじめた学生時代……太平洋戦争が始まる前は、店先に並んでいるような安い本だったそうよ。それでも、あの時田中さんがお持ちになった『晩年』は、かなり珍しいものだったと思う。父も驚いている様子だったから」

太宰文学の研究者、それも『晩年』を何冊も持っている人物が驚くような一冊――

一体、どういうものなんだろう。

突然、富沢紀子が両手を組んで、栞子さんの方に身を乗り出してくる。

「あの時、本当はなにが起こったのか、調べていただけないかしら」

「えっ……」

つい俺は声を上げる。突然、なんの話なんだ？

「そちらではこういうトラブルの解決を請け負っていると、電話でおっしゃっていたでしょう。あの騒ぎではどうしても分からない……納得のいかないことがいくつかあるわ。父も内心では同じような疑問を抱えているはずよ。当時の詳しい事情が明らかになれば、父も田中さんの『晩年』について話してくれるかもしれない」

なんとなく分かってきた。俺たちが呼ばれた理由はこれだ。四十七年前に篠川聖司がどんな調査をしたのか、この人は知りたがっている。

しかし、これは五十年近く前の話だ。いくら栞子さんでも詳しく調べられるんだろうか。漱石全集から俺の祖母の秘密を推測したことはあったが、今回の件はあれよりもずっとややこしい。当時のことを知っている人間はもうほとんど亡くなってしまっている――。

「分かりました。調べてみます」

しかし、栞子さんはきっぱり答えた。口調も顔つきも別人のように頼もしい。完全にスイッチが入っていた。情報を得るためにこの話に乗るしかないのは確かだが、たぶん彼女の本音は別のところにある。祖父が解いた古書の盗難事件――そして例の『晩年』の謎に興味をそそられているに違いない。

この人がやると言うなら、俺もそれに協力するしかない。

「まず、盗まれた本について聞かせていただけますか。太宰の稀覯本としか伺っていないのですが……砂子屋書房版の『晩年』でしょうか」

一瞬、富沢紀子は困惑したようだった。

「……もう、そのことを知っている人も少ないのね。違います。盗まれたのは『晩年』ではないわ」

息を深く吸って、彼女は言葉を続けた。

「月曜荘《げつようそう》版『駈込《かけこ》み訴《うった》へ』の限定版よ」

3

書名を聞いたとたん、栞子さんが息を呑んだ。凄いものだということは俺にも分かった。というか、それしか分からない。

「……『駈込み訴へ』って、なんなんですか」

仕方なく尋ねる。何日か前にこの人から題名だけは聞いた気がする。確かキリスト教を題材にしたと言っていたと思う。くるりと彼女の顔がこちらを向く。興奮で頬が上気していた。

「昭和十五年に発表された、太宰中期の傑作短編です。告白体の小説で、イエス・キリストを裏切った弟子のユダが主人公です。

役人に訴え出た主人公は、これまでの師への感情を一気に吐き出します。人間としての師を愛してはいますが、商人という出身のために軽んじられてきたことで憎しみを覚えています。相反する感情に板挟みになった挙げ句、ついには復讐のために師の居場所を教えてしまうんです。銀貨三十枚を受け取り、自分はイスカリオテのユダだと名乗って物語は終わります……」

面白そうだと素直に思った。弟子の裏切りというところに、俺は富沢博と三人の男たちを連想していた。小説の内容に通じるものがあるような気がする。

「原稿用紙にして三十枚ほどの長さですが、太宰は蚕が糸を吐くように淀《よど》みなく口述したそうです。訂正もまったくしなかったと言われていますね」

「その本には他にどういう作品が入ってるんですか」

俺は言った。原稿用紙三十枚ぐらいでは一冊の本にならないはずだ。

「いえ、収録されているのは『駈込み訴へ』だけです。版型は今で言うB5ぐらいですが、四十ページほどの薄い和本ですから……この短編を高く評価した詩人の高梨一男《たかなしかずお》の尽力で、三百部限定の私家版《しかばん》として自費出版されたんです。砂子屋書房版の『晩年』と並んで、最も古書価のついている太宰の著書です」

一通り説明してから、彼女は富沢紀子に向き直る。

「署名箋《しょめいせん》が挟まっていませんでしたか？　これぐらいの大きさで、太宰直筆の書名が入っているはずですが……」

指で空中に四角を作る。週刊誌を細長くしたようなサイズだった。

「ええ、見た憶えがあるわ。本が戻ってきた時、この部屋で状態を確認している父のそばに、わたしも座っていたから」

「表紙の色は、赤ですか？　青ですか？」

「いいえ……黄色だったと思う」

栞子さんの肩がかすかに震えた。気を落ち着かせるように紅茶を一口飲む。かちんと大きくカップが音を立てた。

「珍しいものなんですか」

「月曜荘版の『駈込み訴へ』には直筆の署名箋が挟まっているものがあります。その有無で古書価は何倍もの開きがあります」

「……表紙の色っていうのは？」

彼女の緊張につられて、俺の声も低くなる。どうやら田中嘉雄が持っていた『晩年』並みに珍しいもののようだった。

「この本の表紙の色は一種類ではないんです。市販されていたものが赤、寄贈用が青だったと言われていますが……さらに黄色の表紙があると噂されています。古書市場に出たことはないようですが」

背筋がぞわぞわしてきた。つまり幻の一冊ということだ。栞子さんは表情を改めて目の前の女性に質問を続ける。

「お父様はその『駈込み訴へ』をどちらでお買い求めになったんでしょうか」

「買ったのではなく、贈られたと聞いているわ……太平洋戦争中に」

「戦争中……」

一瞬考えてから、栞子さんは思い当たったようだった。

「ひょっとすると、太宰本人からですか？」

俺は耳を疑った。まさかそんな——しかし、富沢紀子は否定しなかった。

「学生時代から太宰の愛読者だったことはお話ししたでしょう。父からファンレターを送ったことがきっかけで、手紙や葉書のやりとりをするようになっていたの。太宰が文学青年たちと交流を持つことは、珍しいことではなかったようね」

不思議な気分だった。太宰治をずっと昔の作家だと思っていたが、付き合いのあった人はこの時代にもまだ生きているのだ。ずっと昔というのは、ただの錯覚なのかもしれない。

「大学の卒業が決まって、父はすぐ召集されることを覚悟していたの。別れの挨拶のつもりで太宰の自宅を訪ねると、できあがったばかりの『駈込み訴へ』を渡してくれたそうよ」

「餞《はなむけ》、ということでしょうか」

「深い意味はなかったかもしれないと父は言っているわ。訪ねてきた若い信奉者に、手元にあった新著を何気なくくれただけにも思えたと……でも、尊敬する作家に会い、著書をもらった思い出を支えにして、召集された父は戦地を生き抜いたの。

戦後、どうにか帰国した父は体を悪くして、鳥取の親戚の家で療養生活を送ることになってしまった……いつか上京して再会したいと願っていたけれど、ついに間に合わなかったの。太宰の訃報に接した日、自分の生涯を文学研究に捧《ささ》げる決心をしたそうよ」

重苦しい沈黙が流れる。富沢博にとって『駈込み訴へ』は命と同じぐらい大切な一冊ということだ。それを盗まれたとしたら——どれほどのショックか、俺には想像がつかなかった。

「その『駈込み訴へ』、拝見することはできますか」

富沢紀子は表情を曇らせた。

「難しいわね。あの盗難騒ぎがあって以来、父は家族にも書庫への出入りを禁じてしまったから。鍵を持っているのは父だけで、わたしもこの五十年近く、一度も足を踏み入れていないの」

「え……それじゃ、本が盗まれた場所を見ることもできないんですか」

俺の問いに、彼女は申し訳なさそうな表情を浮かべた。

「そういうことになるわ。外から少し覗くことぐらいはできるけれど……ごめんなさいね」

盗まれた古書そのものも、事件の現場も直接見られない。ますます難易度が上がった気がする。しかし、栞子さんに動揺した様子はなかった。

「大輔くん、例の写真持ってますよね……出していただけますか」

「あっ、はい」

ショルダーバッグから写真を出し、富沢紀子の方へ向けて座卓に置く。薄いしみの広がった顔にぱっと喜色が浮かぶ。しかしそれも一瞬のことで、寂しげな微笑の余韻だけが残った。

「あの年の夏に撮った写真ね。はっきり憶えているわ……わたしが中学校から戻ってくると、ちょうど父たちがカメラを持って庭に出ていたところだったの。お持ちだったのは小谷さん？」

「杉尾さんのアルバムにあったものだそうです。この時、田中嘉雄さんはもう『晩年』をこちらへお持ちになっていたんですか」

「確かあれは七月の初めだったから……そうね。この写真の一、二週間前だと思う。この頃は数日おきにこの家へいらしていたわ。暑い中、書庫に何時間もこもりきりで、大変そうだと思っていた。母に外から鍵をかけられていたし」

ついでのようにこぼれた言葉に、栞子さんも俺もぎょっとした。

「田中嘉雄さんは、書庫に閉じ込められていたんですか？」

富沢紀子はしばし目を閉じて黙りこむ。目尻のしわが深くなった。

「そうなるには色々事情があって……順を追って話すわね。

昔、この家には大学生たちが多く出入りしていたの。父は指導していた学生だけではなく、顔見知り程度の若者でも気軽に招いていた。ここは海に近いでしょう。夏になると海水浴に来た学生たちで、庭がいっぱいになったものだったわ。

父はよく言えば大らかだったけれど、悪く言えば迂闊《うかつ》なところがあったの。出入りしていた若者の中には素行の悪い者がいて、この家のお金を盗んでしまって……結局、警察沙汰になってしまった。それがこの年の春頃ね。激怒した母は金輪際《こんりんざい》学生を家に上げないと父に申し渡したの。母には気性の激しいところがあったから」

気性のせいでなくても、そんな状況で金まで盗まれれば怒るに決まっている。『駈込み訴へ』が盗まれる前にも、この家では盗難事件が起こっていたのだ。

「……ひょっとして、ここに写っている方、お母様ですか」

琹子さんは写真の端、建物の窓の奥を指差した。誰かの背中らしいものが見えている。富沢紀子は少し眺めてから、そのようね、と同意した。

「父たちがカメラに入ろうと誘っていたけれど、母は家に入ったまま出てこなかった……田中さんたち、ロマネスクの会の方たちを、あまり好いてはいなかったの」

「どうしてでしょうか」

と、栞子さんは尋ねる。

「田中さんたちも、学生と同じと母は思っていたんでしょう。それにどなたも古書に詳しい方ばかりで、父の欲しがるものを見つけると持ってくることも多かったの。

父もそれをまた喜んで買ってしまっていたのね。本代がかさむせいで、母はずいぶんやりくりに苦労させられていた。本当は学生たちと一緒に、あの方たちも締め出そうとしたけれど、それだけは頑として父が譲らなかった。彼らは信頼の置ける弟子たちで、年は離れているけれど自分の親友だと言って……」

言葉を途切れさせて、目の前の写真を見下ろす。聞いている俺も胸が締め付けられた。四十七年前の男たちはみんな笑っている。本当に固い信頼関係で結ばれていたのだ──この写真を撮った時までは。

「盗難の心配があるからと、お母様は書庫に鍵をかけられたんですね」

栞子さんに声をかけられて、うつむいていた女性は我に返ったようだった。

「……ええ。古書のことをまったく知らない母も、稀覯本が多いことぐらいは分かっていた。それで、ロマネスクの会の方が一人で書庫にいらっしゃる時は、完全に扉を閉じることに決めてしまったのね」

「お父様はなにもおっしゃらなかったんですか」

「もちろん怒ったわ。彼らを泥棒扱いするなんてとんでもないと。でも、田中さんたちが進んで受け入れてくださったの。奥さんの心配も分かる、自分たちも落ち着いて資料を読みたいから、扉が閉まっているのは気が楽だとおっしゃって……本当に礼儀正しい方たちだった」

つまり人目のない隙に本を持ち出してまた書庫に戻る、というようなことは不可能だったわけだ。扉から出入りできないのだから。

「田中さんの他に、小谷さんや杉尾さんも、お一人で書庫に入られることはあったんですね」

「何度かあったわ。一番多かったのは田中さん、次が杉尾さん……小谷さんはあまりなかったと思う」

「皆さんがお父様と一緒に書庫に入られることはありましたか？　例えば、整理を手伝われるようなことは……？」

たたみかけるように栞子さんが尋ねる。状況をきちんと確かめるつもりらしい。

「蔵書を入れ替えたりするのは、父一人が全部やっていたはずよ。どういう風に整理して使っているか、田中さんたちも把握していなかったと思う。父が書庫に籠っている時は、母もあまり邪魔をしないようにしていたわ」

「鍵を管理されていたのは、お母様だったんですか？」

「鍵は二本あって、当時は父と母が一本ずつ持っていたの。一ヶ月に一度、掃除するために母が書庫に入っていたから。二人とも肌身離さず持ち歩いていたわ。例の事件の後は、父が二本とも管理するようになったけれど」

「書庫にいらっしゃる間、皆さん荷物はどうされていたんですか」

「もちろん持って行かなかった。皆さんだいたい手ぶらだったわね。田中さんだけは調べたことを書き留めるために、紙と鉛筆をお持ちになっていたけれど。それでも書庫を出る時は、なにも持ち出していないことを母に確かめてもらっていた」

「書庫というのは廊下の奥にある蔵のことですよね。あの扉以外に入り口はありますか」

「いいえ、あそこだけよ。他には天井《てんじょう》近くに窓が一つあるだけで……そこには鉄格《てつごう》子《し》と鼠《ねずみ》よけの金網がかかっているわ」

「……夏は大変でしょうね」

「皆さんランニング一枚で書庫にお入りになっていたわ……びっしょり汗をかいて」

俺は首をひねった。書庫の扉はふだん閉ざされていて、三人は勝手に出入りできなかった。入る時に荷物は持ちこめないし、出る時は富沢博の妻にいちいち確認されている。

「あの……だったら、どうやって本を持ち出したんですか」

「まさにそれがわたしの知りたいことよ」

我が意を得たというように、富沢紀子は大きくうなずいた。

「皆さんが盗んだと思えない、というのは文字通りの意味ね。書庫から持ち出す方法そのものが存在しなかった……だとしたら、一体誰が、どうやって盗んだのかしら？」

4

富沢紀子が両手で鉄の輪を引くと、二枚の白い扉が左右に開いた。その奥には金具で飾られた、やはり頑丈そうな木製の内扉があった。引き手のあたりに大きな南京《なんきん》錠《じょう》がぶら下がっている。この扉は開かないようだ。上半分は太い木の格子になっていて、格子の内側は鉄網でさらに覆われている。

話を中断した俺たちは、廊下の突き当たりにある蔵の入り口に立っている。まずは書庫を見せてもらうことになった。といっても、格子の隙間から中の様子を窺うだけだが。

「外扉には鍵をかけないんですか？」

栞子さんは扉を開けてくれた女性に声をかけた。

「昔から普段はかけなかったわ。内扉だけで十分に厳重だもの。長く家を空ける時は、用心のためにかけることもあったけれど」

確かに内扉にもかなりの厚みがあり、軽く押したぐらいではまったく動かなかった。栞子さんは扉に体を預けると、眼鏡を押しつけるようにして——どころではなく、レンズをぐりぐり押しつけて書庫を覗きこむ。俺も彼女の頭上から目を凝らした。

明かりは点いていない。天井近くにある小さな窓から入ってくる光だけが頼りだ。背の高い書架が壁に沿ってずらりと並べられ、中央の空間にも背中合わせに何列も書架がそびえている。とりあえず、この扉以外に出入りできるようなところはなさそうだった。黒髪のつむじに軽く顔を寄せた。

「どうですか」

「とても充実したご蔵書のようです。太宰以外の作家の研究書や初版本もありますね。きちんと整理されていますし……あっ！」

「ど、どうしました？」

「大輔くん！　ほらっ、あそこ！　見て下さい」

いきなり人差し指を金網にぶすりと突き刺した。一体なんだろう。俺は膝を曲げて、同じ目の高さで彼女の指の先を追う。とにかく、書架しか見えなかった。

「奥の書架の二段目、『太宰治論集』の隣……昭和十五年に刊行された、竹村書房《たけむらしょぼう》版の『皮膚《ひふ》と心《こころ》』！　きっと初版ですっ！」

俺のすぐ隣で声を弾ませる。そんなところだろうと思っていたが、やっぱり古書の話だったか。きっと珍しいものなんだろう。これも勉強だと思い直して、俺も背表紙を捜した。

「どのへんですか。『太宰治全集』のある……」

「違います。その上の段です。ちゃんと見て下さ……」

急に口をつぐむ。いつのまにか俺たちはぴったり頬を寄せ合っていた。いや、寄せてきたのは彼女の方だ。栞子さんはぱっと体を離すと、なにごともなかったように背後の女性を振り返った。

「……『駈込み訴へ』がなくなったと分かったのは、いつごろだったんでしょうか」

さっきまでと同じく流暢に尋ねる。ただ、赤面までは隠しきれていなかった。

「わたしが新学期の準備をしている頃だったから、八月の終わりね……論文を書き終えた父が、使った資料を書庫に戻している時に気が付いたの。帙《ちつ》、と呼ぶのかしら。

外側の函《はこ》のようなものだけが残っていて、肝心の本はどこにも見当たらなくなっていた……」

「帙は手つかずだったんですか」

「ええ。毎年、父は七月初めに書庫を整理していたけれど、その時にはなんの異変もなかったそうよ。七月から八月の二ヶ月の間に、書庫に入ったのは田中さんたちしかいないということになって……」

「皆さんから事情をお聞きにはならなかったんですか」

富沢紀子は廊下の先に視線を走らせた。誰もいないようだったが、彼女の父親がいる部屋の方だということは分かった。

「その気力も湧かないほど、父は落ちこんでしまって……しばらく体調を崩してしまったの」

声を低めて答えた。

「小谷さんと杉尾さんが何度かいらしたけれど、父は会える状態ではなかった。看病をしていた母も完全に腹を立てていて、応対しようともしなかったわ」

門前払いを食わされたという小谷の話を思い出す。病気にまでなったというのは初耳だった。それだけショックだったということだ。

「警察への通報は……？」

「していなかったけれど、母はするつもりだったと思うわ。そこへ篠川さん……あなたのお祖父さまがいらしたの。杉尾さんの紹介とおっしゃって」

「ご両親は、祖父に会って下さったんですか」

今さら気付いた。篠川聖司はこの家の人たちにとっては見ず知らずの古書店主で、しかも容疑者の知人だ。普通は相談などする気にはならない。

「最初は会おうとしなかったわ。応対したわたしが篠川さんにお願いしたのよ。父の本を取り戻して、皆さんへの疑いを晴らして下さいと」

俺たちはこの年配の女性を改めて見つめた。四十七年前も今も、ビブリア古書堂に調査を依頼したのはこの人だったのだ。

「どうして、祖父に依頼なさったんですか？」

栞子さんが問いかける。

「信用できると思ったからよ。無口だけれど、古書のことになると急に色々なことをお話しになって……それに、とても正義感の強い方に思えた。『古書は人の手を渡っていく。人と古書の繋がりを守るのがわたしの主義です』と、口癖のようにおっしゃっていたわ」

思わず自分の隣にいる女性を見た。この人がよく口にする言葉に似ている――人の手から手へ渡った本そのものに物語がある。あまり生前の祖父とは話さなかったと言っていたが、受け継いでいるものはあるのだ。

「その後、父も徐々に篠川さんを信用するようになったわ。最終的には感謝していたと思う……『駈込み訴へ』を取り戻して下さったもの」

その正義感の強い人物が、真相を宙ぶらりんのままに済ませてしまったことが、俺にはやっぱり気になる。人と古書の繋がりを守るなら、古書を介した人と人との繋がりも大事にしそうなものだが。

ぎしりと廊下が軋《きし》んで、俺たちは音のする方を向いた。トレーナーを着た小柄な老人が、手すりに体を預けて歩いてくる。年齢の分だけ外見は変わっているが、目元には写真の面影が残っていた。

「父さん」

富沢紀子が近づいていった。体を支えるつもりだったようだが、父親の方が手を上げて断った。

「あの方が篠川栞子さん。篠川聖司さんのお孫さんで、今のビブリア古書堂を経営なさってるの。隣の方が店員の五浦さん」

俺たちを紹介されても、富沢博は顔を上げようとしなかった。

「書庫に近づかないように、注意していただろう」

ざらついた嗄れ声が口から洩れた。ただ、話し方はしっかりしている。

「帰ってもらいなさい」

わざわざそれを言いに部屋から出てきたらしい。栞子さんと話すつもりはなかったのだ。富沢紀子の唇がぴりっと震えた。

「そんな言い方はしないで。わたしのお客さまよ」

「ここは、わたしの家だ……客を呼んだ覚えはない」

「でも、本当は父さんも知りたがっているでしょう。あの時、なにが起こったのか。誰がどんな理由であの本を盗んだのか」

床の一点を見据えたまま、老人は動かなくなった。感情が抜け落ちたような目つきは、あの写真の笑顔とあまりにも違っていた。やがて、元来た方にゆっくりと向きを変える。

「あんな昔のことを、知ってどうなる」

うめくように呟いた。どんな表情を浮かべているのか、俺のいる場所からは見えなかった。

「裏切られたことは、今さら変わらん」

そう言い残して、富沢博は去っていった。俺たちはかける言葉もなく、丸まった背中が遠ざかるのを見送った。

「嫌な思いをさせてごめんなさいね」

と、富沢紀子は詫びた。俺たちは書庫の外扉を閉めて、客間に戻ってきていた。老人は再び書斎に籠ったままだ。

「母が他界してから、ますます頑固になってしまったの。ずっと昔は……この家に人の出入りがあった頃は、あんなことを絶対言わない人だったのに」

変わってしまったきっかけは、四十七年前の事件に違いない。俺は小谷の気難しげな顔を思い出していた。関わった人たち全員を変えてしまったのかもしれない。

「父はああ言っていたけれど、あなた方にはこのまま調べていただきたいの。これはわたしの知りたいことだから。もちろん、差し障りがあるようなことは口外しないわ。誰かの罪を暴いたり、追及することが目的ではないの」

「分かりました。わたしも祖父がなにをしていたのか、知りたいです」

栞子さんが応じた。この事件は篠川聖司の——過去のビブリア古書堂が関わっている。この人にとっても他人事ではない。

「では、改めていくつか確認させていただきたいのですが……『駈込み訴へ』が盗まれたのは、一九六四年の七月から八月ということになります。その間、書庫に入られた方は、お父様と田中さん、小谷さん、杉尾さん……それに、書庫を掃除なさっていたお母様の五人ですね？」

富沢紀子は首を縦に振った。この家の者を除けば、やはり容疑者は三人ということだ。栞子さんはさらに続ける。

「ロマネスクの会の皆さんは、ほとんど手ぶらで書庫に入られていたということですが、田中さんがお持ちになった紙というのは、どういったものでしたか」

「ごく普通の紙だったわ。少し大きめの、無地のもので……色々走り書きしてあったけれど、わたしにはよく分からなかった」

「ノートをお使いにはならなかったんですか」

「母の目もあったから、持ちこむものを少なくしていらしたのよ。ただ、紙一枚では立ったままメモを取りにくいからと、途中から用箋挟《ようせんばさみ》……今はクリップボードというのかしら。あれをお使いになっていたわ」

それで俺にも分かった。言葉通り書類を留めるクリップのついた板だ。うちの店でも使っている。なんにせよ、本を持ち出すには役に立ちそうもない。

「服の中に隠すことはできたと思いますか？」

「大判でも薄い本だから、折り曲げれば隠せたかもしれないけれど……戻ってきた時、折り目も染みもなかったわ。それまでと同じように、きれいなものだった。むしろ、以前よりきれいな気がしたぐらい」

稀覯本を折り曲げるわけがない。それに、七月から八月は真夏で、三人は汗をかいていたとこの人も言っていた。服の中に隠すような真似はしないだろう。

「以前よりきれいになったというのは、どういうことでしょう？」

栞子さんが不思議そうに言った。そこに突っこむのかと思った。富沢紀子にも予想外の質問だったようだ。

「うまく説明できないわね……その前に見せてもらった時に比べて、なんとなくそう感じただけなの。逆に父は本が駄目になっていると嘆いていたから、わたしの勘違いかもしれない」

「駄目になっている、とはっきりおっしゃったんですか」

「ええ。きっと、細かいところが傷んでいたんでしょうね」

なんとなく引っかかる。同じ本を見ているのに、そこまで印象が食い違うことなんてあるのか？　ここに現物があれば確認できるのだが。

「本がこちらに戻ってきたのは、いつごろでしたか」

「なくなったことに気がついてから、一ヶ月ぐらい後だと思う。九月の終わりか、十月の初めか……日付まではは っきり憶えていないわね。篠川さんが持ってきて下さって、母だけではなくわたしも同席を許されたの」

「お母様は『駈込み訴へ』が稀覯本だということをご存じだったんですか」

「知っていたはずよ。大事に扱わなければならないものについて、父は理由も含めて説明していたから」

「貴重なものが書庫のどこに保管されているか、どなたでも分かるようになっていましたか」

「特注の木箱に入っていたから、すぐに分かるでしょうね。書庫には『駈込み訴へ』のような珍しい本は他にも何冊かあったし、作家の直筆原稿や書簡も収められているわ……あなたは、母が持ち出した可能性もあると思っているのね？」

あっと声を上げそうになった。言われてみれば、鍵を持っている人間なら本を持ち出すのは簡単だ。ロマネスクの会の人間に好意を持っていなかったとこの人も言っていた。三人をこの家から締め出そうとして、仕組まれた狂言だったとしたら。

「申し訳ありません。結論を出すためにも、様々な可能性を考えなければと……」

「謝らなくて結構よ。わたしも同じことを疑ったことがあるもの。正直なところ、母の性格ならやりかねないわ……でも、万が一それが事実だとしても、わたしには隠さないでちょうだい」

勇気のある人だと思った。身内の恥になることだとしても、真実を知りたがっている。どんなに醜い、聞くに堪えない話でも構わない、と言った小谷の姿と重なった。

「お約束します……分かったことは、全部お話しします」

栞子さんは静かに告げると、質問を続ける。

「この家に出入りなさっていた方は、他にいらっしゃいますか。書庫にお入りになったかどうかは別にして。どなたでも構いません」

遠い記憶を辿るように、富沢紀子は宙を見つめた。

「もう学生たちは締め出された後だから、ほとんどいなかったはずよ。父も論文を書いていて、静かな環境を欲しがっていたし……せいぜい同じクラスだったわたしの親友が、時々遊びに来ていたぐらい。この写真を撮る時、シャッターを押してくれたのはその人よ」

俺はもう一度写真を眺めた。そういえば、撮影者がいる可能性をまったく考えていなかった。タイマー撮影だろうと思いこんでいた。

「待ってちょうだい。この日に撮った別の写真が残っているはずよ」

彼女は立ち上がって襖《ふすま》を開け、隣の部屋に入っていった。かすかな物音の後で、一枚の写真を手に戻ってきた。そして、俺たちの持ってきた写真の隣に置く。

「これを見て」

場所はこの家の庭だった。セーラー服を着た二人の中学生が、笑いながら抱き合っている。富沢紀子と一緒に写っているのは、肩の上で髪を切りそろえた眼鏡の少女だった。友達よりも小柄で、少しふっくらしている。

「そういえば、この人も北鎌倉に住んでいるわ。お父様が古本屋さんで……」

「……鶴代《つるよ》おばさま」

栞子さんがつぶやいた。知っている人らしい。

「まあ、お知り合いだったのね。久我山《くがやま》鶴代さん」

俺は首をかしげる。つい最近、久我山という名前を聞いた憶えがあった。どこでだっただろう？

「祖父はビブリア古書堂を開く前、この方のお父様が経営なさっていた古書店で働いていたんです。久我山書房さんと言って……」

ああ、そうだ。久我山書房だ。篠川聖司が修行していた店。横浜の伊勢佐木町にあったと栞子さんが言っていた。

「県内有数の古書店だったそうです。この写真が撮影された頃は、もう店舗を閉めて目録販売《もくろくはんばい》の専門店になっていたようですが。祖父は久我山さんの店で働いていたことを、お話ししなかったんでしょうか」

「聞いていないわ。わたしと鶴代さんが親友同士だということを、ご存じなかったのかもしれない……それにしても、不思議な偶然ね」

古書業界は決して広くないらしい。神奈川県内に限れば、なおさら人間関係が繋がっていてもおかしくはない。それでも、今回の件では偶然が重なりすぎている気がする。気味の悪さが拭えなかった。

「鶴代さんは明るくて、かわいい人だったわ。それに、本の好きな人だった。わたしより詳しかったかもしれない。やっぱり、お父様の影響かしら」

「久我山さん……鶴代さんのお父様が、こちらにいらしたことは？」

「何度もあるわ。鶴代さんから父の職業をお聞きになったみたいで、太宰の直筆原稿や書簡をよく売り込みにいらしていたわ。父も捜している本があると、まず久我山さんにご相談していたわね」

つまり富沢博は久我山書房の得意客だったわけだ。店主は客の好みを熟知していて、これという品物を入荷して売り込んでいる。探求書の相談にもきちんと応じている。県内有数の古書店というのも納得だった。

「そういえば、田中さんのお持ちになった砂子屋書房版の『晩年』、久我山さんもご覧になっていたわ」

「本当ですか？」

栞子さんが目を丸くして聞き返した。

「ええ。ここで父と田中さんが話し合っていた日、後から久我山さんもいらっしゃったの。おそらく、父だけでは真偽が判断できずに、久我山さんに鑑定していただいたんじゃないかしら」

「鑑定の結果は、お聞きになっていないですよね……」

「わたしは聞いていないわ。もちろん、父は知っているでしょうけど」

栞子さんは肩を落としている。富沢博は教えてくれそうにない。他に知っている人物といえば——。

「その、久我山書房さんに聞くことはできないんですか？」

「それは無理ですね……わたしが生まれるずっと前に、亡くなっていますから」

当然の話だった。この人の祖父に仕事を教えていた人物だ。もし生きていたとしても、とんでもない高齢に違いない。

「もしお元気だったら、色々お話をしてくれたと思うわ。鶴代さんと同じように、いつもにこにこしていて、誰にでも優しい方だったから」

（ん……？）

栞子さんから聞いた話と食い違う。篠川聖司は「とても厳しい店主」に十年以上もしごかれていたんじゃなかったか？　まあ、会う人によって印象が変わることはあるかもしれないが。

「鶴代おばさまに話を伺ってみようと思います。なにかご存じかもしれません」

栞子さんは背筋を伸ばして、座卓から体を引こうとする。そろそろ帰るつもりらしい。俺はテーブルに置かれている写真を、バッグに仕舞うべきか迷った。富沢紀子がまだ写真を見つめていたからだ。

「とても懐かしい」

ぽつりとつぶやいて、二枚の写真に触れる。

「鶴代さんとも、この頃はよく行き来していたけれど、学校が別になってからはなんとなく会わなくなって……もうずっと、年賀状のやりとりだけね」

ぼんやりと怖さを感じた。写真の中ではこんなに仲の良さそうな親友同士が、今はすぐ近くに住んでいても顔すら合わせない。仲違《なかたが》いをしたわけでもないのに、なんとなく会わないまま何十年も経ってしまうことがあるのだ。

「鶴代さんによろしく伝えてね」

彼女は晴れやかに笑った。写真の中の少女と、初めてそっくりだと思った。

5

次の日の夕方、俺と栞子さんは北鎌倉の坂道をゆっくり上っていた。向かっている先は久我山家だ。約束した時刻にはまだ余裕がある。俺はいつものショルダーバッグの他に、紙袋を一つ提げていた。篠川文香から預かったブルーベリージャムの瓶が入っている。先月、店番をしている時に久我山鶴代がブルーベリーを持ってきてくれたらしい。それでジャムを作ったので、お返しに渡して欲しいということだった。

近所との付き合い方が完全に主婦だ。現役女子高生とは思えない。

「久我山鶴代さんは、よく店に来てるんですか？　俺、会った憶えないんですけど」

「普段は母屋《おもや》の方にいらっしゃることが多いです。大輔くんには紹介する機会がなかったかもしれません」

顔ぐらいは見ているかもしれない。俺も最近は篠川家の母屋に上がる機会が増えている。

「久我山さんとは、昔から家族ぐるみの付き合いがあったんですね」

軽い質問のつもりだったが、栞子さんは少し黙り込んだ。狭い坂道に杖の音が規則正しく響いた。

「……そうとも、言えません。仲がよかったのは、父と鶴代おばさまです。同じ小学校に通っていたので、幼馴染《おさなな じ》みというか……姉弟みたいな感じでしょうか。おばさまの方が三歳ぐらい上ですし」

「あれ、栞子さんのおじいさんと、久我山書房を経営していた……」

「久我山尚大《しょうだい》さんです」

「その、久我山尚大さんと付き合いはなかったんですか。十年間、店主と店員だったんですよね」

「わたしもよく分からないんです……父から聞いた話では、古書組合ではしょっちゅう顔を合わせていたけれど、互いの家を行き来することは少なかったようです。性格的なものかもしれません。祖父は無愛想な人でしたし、久我山さんはとても厳しい方だったみたいですから……」

「……不思議に思ってたんですけど、『いつもにこにこしていて、誰にでも優しかった』って富沢さんは言ってましたよね。全然違うじゃないですか」

「お客さんにはとても愛想がよかったんですが、従業員や同業者には真逆の態度を取る方だったと聞いてます。古書業者として広範な知識と長い経験をお持ちで、一目置かれつつ恐れられていたと……」

「やっぱり、どこかの店で修業していた方なんですか」

「最初は神保町の古書店で働いていらしたそうです。昭和恐慌の真《ま》っ直中《ただなか》で給料も安く、とても辛い環境だったとか……その甲斐あって五年ほどで稀覯本以外の買い取りをすべて任されるようになったと、ご家族から伺ったことがあります。終戦後、伊勢佐木町にご自分の店をお持ちになり、同時に北鎌倉にご自宅を建てられたんです」

本当に一から叩き上げの、筋金入りの古書業者ということらしい。同業者や従業員に厳しくても無理はないか。

「今、久我山さんの家に住んでるのは、鶴代さん……だけなんですか」

「娘さんと、お母様の三人暮らしです。娘さんはもう大学生ですね。ずっと前に離婚されて、娘さんと実家に戻られたんです」

俺は納得がいった。どうりで実家の名字を名乗っているわけだ。

「あれ、お母さんって、久我山尚大さんの奥さんですか」

「そうです。かなりのご高齢で、ここ何年かはベッドで過ごされることが多くなってしまって。わたしもお会いするのは一年ぶりなんです。以前はもう少したびたび伺っていたんですけれど……」

栞子さんは言葉を濁す。しばらく待っても続きはなかった。そういえば、店を出た時から顔色が冴《さ》えない。

「なにかあったんですか」

ふと、彼女は足を止めた。目の前にコンクリートの急な石段がある。一段一段が妙に高く、かなり上まで続いている。古くからあるらしく、角がだいぶすり減っている。足の悪い人には大変だ——。

ぞくりと背筋が震えた。この人がためらっているのは石段が急だからではない。忌まわしい過去があるからだ。

田中敏雄にこの石段で突き落とされたのだ。

「久我山さんのお宅へ行くには、ここを通る必要があって……あの日以来、どうしても足が向けられなかったんです」

俺は去年病室で聞いた話を思い返していた。一年前のあの日、栞子さんは亡くなった父親が友人から借りていた本を返そうとしていた。

「お父さんが本を借りていた友達って、久我山鶴代さんだったんですね」

こくりと彼女はうなずく。それでも眼鏡越しの視線は上を向いている。石段が尽きたあたりに雑木林があり、今いる場所より薄暗い。きっとあのどこかに田中敏雄が隠れていたのだろう。

「今日は、やめときますか」

できるだけさりげなく持ちかける。もちろん久我山家に用事はあるが、行かなければ人生が終わるわけでもない。無理をする必要はどこにもなかった。

「いいえ、行きます」

返事ははっきりしていた。それでも、なかなか足が前に出ない。俺は黙って彼女の腰に手を回して、もう片方の手で杖を持っていない彼女の手を軽くつかんだ。少しでもバランスを崩したら俺が支えるつもりだった。万が一のことがあっても、二度と同じ目に遭わせない。

ちらっと俺の顔を見上げてから、彼女は深く息を吸った。

そして、最初の段に足を踏み出した。

久我山家は石段を過ぎてから、さほど歩かない場所にあった。二階建ての白い洋館で、縦長の両開きの窓が印象的だった。かなり古くからありそうだが、外壁には塗装の剝げもひび割れもなく、きちんと手入れされているようだ。

門をくぐってドアの前に立った時、紫陽花の生い茂った庭から人影が現れた。ミニスカートと黄色いパーカーを着た若い女性だった。ストレートロングの髪はどことなく栞子さんを思わせる。

「こんばんは、栞子さん。時間ぴったり」

ポケットに手を入れたまま笑いかけてくる。歯切れのいい口調だ。頭の大きさのわりに目と口が大きく、夕闇の中でも白い歯がくっきり光った。個性的な顔立ちだが美人ではある。俺よりも少し年下らしい。たぶん、大学生という娘だ。

「ちょうど犬の散歩から戻ってきたところ。お母さんに用があるんだっけ」

「……ええ。鶴代おばさまは？」

「中で待ってると思う……あっ」

いかにも興味津々という目で俺の顔を見上げる。途端に落ち着かない気分になった。咳払いをして自己紹介する。

「ビブリアで働いている五浦といいます。初めまして」

「こちらこそ初めまして。わたし久我山寛子《ひろこ》です。あの、五浦さんは栞子さんと付き合ってるんですよね」

いきなり直球の質問だった。ここでも来たか。隣で栞子さんが固まっている。本当にどこまで話が広がっているんだろう。

「どこで聞いたんですか」

「この前、ビブリアで……文香ちゃんから」

やっぱりそうか。聞く前から分かってはいたが、いい加減勘弁して欲しい。彼女は俺が持っている紙袋を覗きこむ。

「それって文香ちゃんが作ったジャムですか？」

「そうですけど」

「やっぱり。楽しみにしてたんだ。この前、母と一緒にブルーベリー持っていった時に、ジャム作ったらお裾分けしてくれるって言ってたから」

「……どうぞ」

俺は仕方なく手渡した。本当は栞子さんが渡すべきだと思うが、まだちゃんと口が利《き》けないようだった。

「どうもありがとう。じゃ、中に入って」

彼女はドアを大きく開けてくれた。玄関ホールは吹き抜けになっている。長く電球を替えていないのか、少し薄暗かった。

「おばあちゃんに挨拶する？　寝てるかもしれないけど」

と、靴を脱いでいる栞子さんに尋ねる。

「……え、ええ」

「じゃ、わたしその間にお母さん呼んでくる。たぶん二階だから」

玄関に立っている俺に意味ありげな視線を向け、ぽんと栞子さんの肩を叩いた。

「素敵な彼だね。栞子さん、羨ましい」

そう言い残して、階段を駆け上がっていった。どういう意味なのか悩まずにはいられなかった。体大きいねとか目つき悪いねと言われたことはあったが、素敵と誉められたのは生まれて初めてだった。前の彼女にも言われたことがない。

要するにただのお世辞だろう。別にかわいいと思っていなくても、友達の持っている新しいバッグをとりあえず誉めておくようなものだ。

「……大輔くん」

急にシャツの袖を引っ張られる。靴を脱いだ栞子さんが、廊下から俺を見つめている——というか、仏頂面《ぶっちょうづら》でにらんでいる。

「どうかしたんですか」

俺も靴を脱ぎながら尋ねる。

「なんでもないですっ」

と、横を向いてしまう。むくれているのだと気付いた。俺は照れ笑いを隠すのに苦労した。初対面の女の子に誉められるよりは、こっちの方がずっと嬉しい。

6

「失礼します」

栞子さんはドアを開ける。ベッドにいる人に挨拶するという話だったので、てっきり寝室かと思っていたが、そこはソファとローテーブルの置かれたリビングだった。しかも誰の姿もない。

栞子さんはリビングを横切り、薄いカーテンの前に立った。よく見るとその向こうにも部屋があるようだ。そちらには明かりが点いていない。

「真里《まり》おばあさま、ご無沙汰しています。栞子です」

カーテン越しに呼びかけたが、返事はなかった。名前は久我山真里らしい。

栞子さんの上から、俺も薄暗い隣室を覗きこむ。最初に目に飛びこんできたのは本の背表紙だった。二方の壁が背の高い書架で覆われている。書名までは読めないが、古書だということは分かった。もともとは書斎として使われていた部屋だろう。隅には書見台《しょけんだい》代わりらしい机と椅子が置かれている。

そして、中央には大きな介護用のベッドがあった。毛布を喉元までかぶった老女が横たわっている。どうやらよく眠っているらしい。三つ編みにした白髪がつややかで美しかった。

きっと以前は別のところに寝室があったのだろう。介護をしやすくするために、ベッドを書斎へ移したのだ。他の家族がここで過ごすことも多いのか、床にはクッションとローテーブルが置かれ、テレビやノートパソコンなども持ちこまれている。

「ここにある古書は、全部おばあさまがご自分で集められたものです。古い本を読むのが本当にお好きな方なんですよ」

淡々と栞子さんが説明する。さっきから言葉の端々に、彼女と久我山家の微妙な距離を感じる。もちろん親しくはしているようだが、これだけ古書が大量にある家の人たちとだったら、もっと親密にしていても不思議はない。

（……ん？）

これらが全部眠っている女性の蔵書だとして、夫の久我山尚大は古書を遺《のこ》さなかったんだろうか。それとも、まだどこかに書庫があるのか？

「あの……」

尋ねようとした時、リビングのドアが開いて、二人の女性が入ってきた。一人は久我山寛子で、もう一人がその母親だろう。俺はつい二度見してしまった。富沢紀子と同級生ということは、かなりの年齢のはずだ。それでも肩までの髪はまだ黒々としている。丸顔に眼鏡をかけていて、娘よりもだいぶ小柄だ。

もちろん年齢なりの容姿ではあるが、びっくりするぐらい富沢家で見た写真と変わらない。こんな人も世の中にいるんだとしみじみ思った。

「栞子ちゃん、久しぶりねえ」

久我山鶴代が駆け寄ってきて栞子さんの腕を取る。それから、隣にいる俺の存在に気付いた。

「初めまして。五浦大輔です」

「ああ、あなたが……こんばんは」

うなずきながら挨拶された。この人にも知られているのか。

「とにかく、どうぞ座って」

促されて、俺たちは二人掛けのソファに腰を下ろした。ドアのそばに立っている久我山寛子の存在が気になっていた。これから過去の犯罪行為について話そうとしている。事情をまったく知らない人の耳にはあまり入れたくないのだが。

「あ、わたしはパソコン取りに来ただけ。邪魔しないから安心して。明日までにレポート書かないといけないし」

いったん隣の部屋に入っていき、すぐにノートパソコンを抱えて出てきた。

「それじゃ、栞子さんも五浦さんもごゆっくり」

笑顔で去っていった。察しのいい人らしい。その間に久我山鶴代はポットの湯で緑茶を淹《い》れていた。

隣の部屋との間仕切りにはカーテンの他に引き戸もあったが、そちらは開けっ放しだった。栞子さんも黙っているということは、この家では来客があってもこの状態のようだ。なにかあってもすぐに気付けるようにしているのかもしれない。

日本茶を差し出した久我山鶴代は栞子さんと話し始めた。話題はこのあたりに住んでいる人たちの近況らしい。俺の知らない名前が飛び交っていた。

と言っても、この年配の女性がほとんど一方的に喋っている。どこかの家で新しく飼い始めた大型犬だとか、北鎌倉に新しくできたカフェの話だとか、話題は他愛もないことばかりだったが、心底楽しそうだった。それに他人を悪く言わない。富沢紀子の言ったとおり、明るく無邪気な性格のようだ。

「あら、そろそろ本題に入った方がいいわよね」

そう彼女が言い出した時、俺の湯呑《ゆの》み茶碗《ぢやわん》の中身は半分ぐらいになっていた。

「昔、紀子さんのお家で起こったことを聞きたいって、電話で言ってたわよね、栞子ちゃん」

声が少し沈んでいる。なにかを知っているようだ。栞子さんは居住まいを正してから口火を切った。

「はい……わたし、ちょっと事情があって、当時のことを色々調べているんです。四十七年前、富沢さんのお宅から『駈込み訴へ』という古書が盗まれたことを、おばさまはご存じでした？」

「珍しい本がなくなったという話は、紀子さんから聞いたわよ。事件があってから、あの家の人たちは来客を嫌がるようになってしまって……わたしは大丈夫だったけれど、雰囲気が雰囲気だから、あまり遊びに行かなくなったの」

「本のなくなった状況を、詳しくお聞きになったことはありますか。例えば、紀子さんのお母様や、お父様から」

「まさか。そんなことを話せるような雰囲気じゃなかったもの。なるべく触れないように触れないようにしていたぐらい」

そんなものかなと思った。普通中学生は友達の家で起こったトラブルにいちいち首を突っこんだりしない。でも、関心ぐらいは持たなかったんだろうか。

「ロマネスクの会の皆さんと、お話しになったことはありますか？」

「ええ、もちろん！」

栞子さんの問いに、彼女は朗《ほが》らかに答えた。

「とても古書に詳しい方ばかりで、わたし、色々なことを教わっていたの。古書にも興味を持ち始めていた頃だったから……特に田中さんは詳しいだけではなくて、お話もとても上手だったわ」

俺は密《ひそ》かに息を呑んだ。ここにも田中嘉雄に関わっていた人がいる。

「田中さんは富沢さんのお宅に『晩年』の珍しい初版本をお持ちになったそうなんです。おばさまのお父様、久我山尚大さんが、鑑定されたと伺ってますが……」

「ああ、あの本ね」

ぽんと両手を合わせる。ついに知っている人が現れた。俺は全身を耳にして続きを待った。

「わたしもずっと知りたかったのよ……結局、なんだったのかしら」

この人も知らなかった。隣にいる栞子さんも落胆したらしく、首をがっくり垂れていた。

「……田中さんやお父様は、なにかお話しにならなかったんですか」

「尋ねたけれど、教えてくれなかったの。『子供にはあまり言いたくない』って。もう中学生だったのに、失礼な話よね」

意味が分からなかった。どういう風に珍しいのか、子供に知られると問題がある古書なんて聞いたことがない。それに、成年でなくても読める内容のはずだ。

「それでも田中さんに頼み続けたら、『今度ロマネスクの会でそのことも含めて発表するから、よかったら聞きに来なさい』って言ってくれて……楽しみにしていたけれど、結局その機会はなかったわ」

小谷と同じような立場らしい。生きている人たちの中で、詳しい事情を知っているのはやはり富沢博だけのようだ。ふと、久我山鶴代がにんまり笑った。

「そういえばわたし、その頃に田中さんが書いていたメモを持ってるのよ」

「えっ」

栞子さんが驚きの声を上げた。

「メモというのは……田中さんが富沢博さんの書庫の中でお取りになっていたメモですか？」

「ええ、そう。田中さんが置き忘れていったものを、紀子さんがしばらく持っていたのね。あの人も田中さんが調べていたことに興味を持っていたから。でも、わたしがぜひ欲しいと言ったらくれたの。栞子ちゃん、見たい？」

「はい、よろしければ。お願いします」

「じゃ、ちょっと待ってね。まだ捨ててないはずよ」

ばたばたと足音を立てて部屋を出て行った。二階へ上がったようだ。俺は富沢紀子の話を思い出していた。田中のメモには色々走り書きがあったが、よく分からなかったと言っていた。手に取って読もうとしたことがあったのだ。

しばらく久我山鶴代は戻ってこなかった。色々な場所を捜しているのか、天井から物音と話し声が聞こえてくる。待っている間、俺はなんとなく窓の外を眺めていた。夜の庭で青い紫陽花が咲き誇っている。ちょうど今が満開だった。

再び足音が近づいてきてドアが開く。

「悪かったわね。お待たせしちゃって」

久我山鶴代は抱えてきた用箋挟みごと俺たちに差し出した。

（これは……）

ほとんど読めない。ところどころ単語を判別できる程度で、本当に走り書き、いや、殴り書きだった。『狂言《きょうげん》の神《かみ》』『道化の華』『東京八景《とうきょうはっけい》』『十五年間』。たぶん太宰の小説の題名だろう。そのだいぶ下の方に丸に囲まれた「黒虫俊平」という人名が読めた。それに続いて「黒木舜平？」と書いてあるようだ。

「黒虫俊平は、太宰がデビュー前に使っていたペンネームですが……」

栞子さんが口ごもる。それ以上のことはよく分からないのだろう。

それから、紙の挟んであったクリップボードをじっくり眺め始める。古い時代のものらしく、しっかりした作りだった。裏板として厚めのコルクが金具で張り付けられているし、鉄のクリップも大きくて頑丈そうだ。

「……立派な品ですね」

彼女は目を丸くしてつぶやく。

「田中さんが実際にお使いになっていたものですか」

「もともとは父が紀子さんのお家に忘れていったものだそうよ。古書を売りに行った時に……それを田中さんがお使いになっていたみたい」

と、久我山鶴代が答えた。

「お父様のものだったんですね」

「ええ。大切な品だから、どうしても取ってきて欲しいと父から頼まれて、わたしが紀子さんの家を捜したの。このメモと一緒に紀子さんが持っていたんだけど、見つけて持ち帰るまでに何ヶ月もかかったから、もう新品を買い直していたのね。それでわたしにくれたわけ。使う用事もなくて、このメモと一緒にずっと仕舞いこんでいたの」

しばらくの間、栞子さんはメモとクリップボードを確認していたが、やがて諦めたようにテーブルに置いた。

「……本は、挟まりませんね」

低くつぶやく。それはそうだろう。ロマネスクの会のメンバーで、書庫になんらかの道具を持ちこんだのは田中嘉雄だけだが、これを使って一冊の本を盗むことなどできるはずがない。

（だとしたら……）

頭に浮かんだのは富沢紀子の母親だった。持ち出す手段があり、そうするだけの理由もある。しかし、本当に犯人だったとしても、たぶんこれ以上は調べようがない。盗まれた状況を知っていて、俺たちに話してくれそうな人物はもう他にいないのだ。

いくら栞子さんでも、今回の謎を解くのは難しいんじゃないのか？

「本が盗まれた当時のことについて、どなたからか他になにかお聞きになっていませんか。ささいなことでも結構です」

彼女は質問を続ける。そうねえ、と久我山鶴代は考えこんだ。

「中学を卒業した後は、紀子さんとも疎遠になってしまったし、ロマネスクの会の人たちとも、ほとんど会ってないの」

「お父様からは？」

「わたしには話さなかったわ。とても面倒見のいい人だったから、相談ぐらいは受けていたかもしれないけれど」

久我山尚大は客だけではなく、家族にも優しい性格だったらしい。厳しいのは仕事の時に限られていたのかもしれない。

「わたしが大学生の頃に父が亡くなって、久我山書房の在庫を処理してくれたのが杉尾さんだったけれど、その時初めてロマネスクの会がとっくに解散したことを知ったわ。紀子さんのお家から、本がなくなったすぐ後に……」

「杉尾さんは詳しく説明されなかったんですか」

「しなかったわ。なんだか話しにくいみたいで……でもその後、わたし一度だけ田中さんにばったり会ったの」

　初めて聞く情報だ。眼鏡の奥で栞子さんの目がきらっと光った。

「いつごろの話ですか」

「寛子が生まれていなかったから、二十年以上前。わたしが遅い結婚をして、専業主婦をやっていた頃よ……場所は横浜駅の地下街だったわ。ほら、東口にバケツみたいな形をした、水のオブジェがあったでしょう。あの近くで」

　ありましたね、と栞子さんがうなずく。俺も子供の頃に目にした憶えがある。もうかなり昔に撤去されているが。

「あちらから声をかけられたけれど、最初は誰なのか分からなかった。すっかり老け込んでしまっていて……そこでしばらく立ち話をしたの。田中さん、もうすぐ鎌倉の家を手放して東京に引っ越すって言ってたわ。とても疲れているみたいだった」

　以前、田中敏雄からもそんな話を聞いた気がする。長谷にあった屋敷を売り払って、晩年は東京で過ごしたらしい。もう孫も生まれていた頃のはずだ。

「わたしも急いでいたから時間がなくて。でも、別れ際にずっと知りたかったことを尋ねたの……『どうしてロマネスクの会は解散してしまったんですか、正直に答えて下さい』って」

部屋の空気がぴんと張り詰めた。ずばり核心を突く質問だ。普通は思っていてもなかなか口にできないだろう。この女性はただ無邪気で明るいだけではない。

「それで、田中さんは……？」

「ある時から急に、小谷さんたちと顔を合わせたくなくなったんですって。正直に話すと揉めそうで面倒だから、あれこれ理由を付けて逃げ回ることにしたそうよ。仕事が忙しいとか、頭が痛くなったとか、今日は天気が悪いとか」

久我山鶴代の口調に初めて棘《とげ》が混じった。たぶん不愉快だったのだろう。俺も膝の上で拳を握りしめていた。人を小馬鹿にしたようなその答えはなんなんだ。本当にそんな気まぐれみたいな理由で親友と会うのをやめたのか。小谷たちは事情を打ち明けてくれるのを待っていたのに。

本当にそれが俺の祖父かもしれない人間なんだろうか。

「それでも二人があまりにもしつこいから、最後の最後に会おうと思ったけれど……待ち合わせの場所へ行く途中で、やっぱり引き返してしまったそうよ」

「どうして、だったんでしょうか？」

そう尋ねる栞子さんの声も沈んでいる。

「訊いたけれど、笑いながらはぐらかされたわ……『なんというか、場所が悪くってね』ですって」

7

結局、久我山鶴代から決定的な情報は得られずじまいだった。

その母親の久我山真里にも念のため確認してもらったが、彼女はなにも知らないと答えたそうだ。もうこれ以上は話を聞ける相手もいない。進展がないと判断して、栞子さんは富沢紀子に連絡を取った。とりあえず分かったことをすべて報告することになり、三日後に富沢家を訪れることになった。

三日の間に俺は太宰の『駈込み訴へ』を読んだ。栞子さんに借りた新潮文庫の短編集に収録されていたのだ。さほど目まいも感じずに一気に読んだ。以前より活字に耐性がついてきたかもしれない。

栞子さんの話してくれたとおり、ユダがキリストを裏切る話だ。ほとんど改行もない、うねるような告白に胸がひりひりした。

私は、ちっとも泣いてやしない。私は、あの人を愛していない。はじめから、みじんも愛していなかった。はい、旦那さま。私は嘘ばかり申し上げました。私は、金が欲しさにあの人について歩いていたのです。おお、それにちがい無い。あの人が、ちっとも私に儲《もう》けさせてくれないと今夜見極めがついたから、そこは商人、素速く寝返りを打ったのだ。金。世の中は金だけだ。銀三十、なんと素晴らしい。

この主人公は弱い人間だ。愛していると涙を流した後で、笑いながら金を受け取るのだろう。熱い友情を誓った後で、会いたくなくなったと笑って言うように。

俺は例の事件についてほとんど話さなかった。久我山鶴代に田中嘉雄が放ったという言葉が不愉快だったせいだ。『駈込み訴へ』を盗んだかどうかはともかく、まともな神経の持ち主ではないと思った。考えてみれば、人妻に手を出すような人間だ。しかも太宰かぶれの。期待する方がおかしかったのだ。

栞子さんの方もこの話題をほとんど振ってこなかった。いつもより口数が少なかった気がする。半端に終わった調査をどう報告するか、悩んでいたのかもしれない。

約束した時刻に到着するためには、営業時間中に店を出る必要があり、篠川文香に店を閉めてもらうしかなかった。彼女が店番に入るのは今月でもう二度目だ。受験生に頼むのは気が引けたが、本人は快く引き受けてくれた。

意外に道路が空いていたので、腰越には早めに着いた。富沢家の門を開けて庭に入ると、柔らかな西日を浴びた海が見えた。美しい眺めだが、書斎の窓とカーテンは堅く閉ざされたままだった。

玄関で出迎えてくれたのは富沢紀子だけだった。父親は相変わらず姿を見せないが、書斎のドアの奥から人のいる気配が伝わってきた。

客間に通された俺は目を瞠《みは》る。部屋の隅に先客がいたからだ。先週、ビブリア古書堂に来た小谷が背筋を伸ばして正座している。

「わたしがお呼びしたの」

富沢紀子が俺たちに説明した。

「小谷さんにも是非聞いていただきたくて……いけなかったかしら」

「いいえ、構いません。小谷さんにもお話しするつもりでしたから」

「ありがとう……小谷さん、どうぞ楽にして下さい」

富沢紀子に促されても、小谷は足を崩さなかった。かなり緊張しているのだろう。出入りを禁じられた師匠の家に、何十年ぶりに招かれたのだから当然だ。しかも肝心の師匠はこの部屋にはいない。

「では、お話を伺ってもよろしいかしら」

四人で座卓を囲むと、富沢紀子がさっそく切り出した。栞子さんは目を伏せて、おもむろに説明を始めた。

「……何十年も昔のことですし、調べるにしても限度がありました。今からお話しすることは、あくまで一番可能性の高い仮説です……不確かな部分はかなりあります。ご理解いただけますよう、お願いいたします」

小谷と富沢紀子はうなずく。俺は驚いていた。まさかこれまで聞いてきた話から、答えに辿り着いていたとは——ただ、栞子さんの様子はいつもと違う気がする。古書の謎を解いているのに口が重かった。

「ですが、誰がどうやって『駈込み訴へ』を盗み出したのか……それについてははっきりしたと思います」

小谷たちの顔に動揺が走った。そのあたりの事情が明らかにならなかったために、関わった人々の心にも深い傷が残ってしまった。

「やっぱり、母でしたか？」

覚悟を決めたように富沢紀子が尋ねる。その途端、小谷が細い目をぎょっと見開いた。

「そんな馬鹿な。いくらなんでも、奥さんがそんなことをするわけがない」

想像もできないという様子でさかんに首を振っている。小谷の人の好《よ》さが改めて分かった。この人は富沢夫妻から疑われて、この家への出入りを禁じられてしまった。それでも、自分を犯人扱いした人物を庇《かば》っている。

「わたしも小谷さんと同じ意見です。可能性を考えてはみましたが、その場合どうしても不自然な点があります」

栞子さんは静かに告げて、富沢紀子の目をじっと見つめた。

「『駈込み訴へ』が盗まれた後、書庫には本を包んでいた帙が残ったままだったとおっしゃっていましたね。自由に書庫へ出入りでき、中のものを盗み出せる人物が、わざわざ帙から本を出す必要はありません。

帙がなければ価値は下がりますし、保管にも気を遣う必要があります。それに、お母様なら『駈込み訴へ』だけではなく、もっと多くの稀覯本を持ち出せたはずです。それらは木箱に入っていて、古書に詳しくなくても見分けがついたのですから」

そうか、と俺は思った。ロマネスクの会を追い出すための狂言だとしたら、もっと派手に書庫を荒らす方が自然だ。盗んだのが一冊では気付かれない可能性もある。

「犯人は帙を持ち出す余裕のない……書庫に出入りしていて、なおかつ蔵書の持ち出しを制限されている人物と考えるのが妥当です。つまり、田中さん、小谷さん、杉尾さんのどなたかということです」

自分の名前が出てきても、小谷はなにも反論しなかった。とにかく最後まで話を聞くつもりのようだった。

「でも、小谷さんと杉尾さんには本を持ち出す方法がありません。書庫へお入りになる時には手ぶらだったと紀子さんもおっしゃっていました。夏の暑い時期に、大判の本を服の中に隠すことはできないでしょう。紀子さんのお母様にも警戒されていましたし」

俺の喉がひとりでに動いた。だとしたら、残っているのは一人しかいない。口を開いたのは小谷だった。

「……あんたは、田中がやったと言うんだな」

「残念ですけれど、そう考えています」

正直、そうであってほしくなかった——いや、でも、不可能だったと分かったんじゃなかったのか？

「田中だったとしても、本を持ち出すことなどできんだろう。本を隠すところなどなかったのはわしらと一緒だ」

小谷の反論と同じことを俺も考えていた。意外なことに栞子さんも首を縦に振る。

「ええ。本を隠すことはできませんでした。でも、持ち出す方法はあったんです」

そう言って、傍《かたわ》らに置いてあったトートバッグから袱紗《ふくさ》の包みを取り出す。最初は俺のショルダーバッグに入れるつもりだったのだが、この人が自分で持っていくと譲らなかったのだ。あまり俺に触れさせたくないようだった。

座卓に置いて袱紗を開くと、先日久我山鶴代が見せてくれた、ほとんど読めないメモ用紙が現れる。例の古いクリップボードに挟まったままだ。俺の知らないうちに借りていたらしい。

「これは……田中さんのお書きになったものだわ」

と、富沢紀子はつぶやいた。

「ええ。田中さんが書庫を出入りする時、実際にお持ちになっていたものです」

突然、栞子さんはクリップボードごとメモをひっくり返す。コルクの裏板は四隅の金具で固定されている。それぞれの隙間に爪を立てて、金具を一つ一つ外していく。俺にも少し分かってきた。メモではなく、クリップボードの方が重要なのだ。

あっけなくコルクの裏板がはがれ、クリップボードの板は二つに分解される。

「この表板と裏板の間に隠して、田中さんは『駈込み訴へ』を持ち出したんです」

「えっ？」

つい声を上げたのは俺だった。板と板の隙間に本なんか隠せるわけがない。せいぜい一枚か二枚紙を挟めればいい方だ。

「そんなの無理なんじゃ……」

「そうだったのか」

小谷のつぶやきに言葉を遮られる。

「なんということだ……気が付かなかった……」

思い当たることがあるようだ。小谷だけではなく、富沢紀子も青ざめた顔で口元を覆っている。まったく分かっていないのは俺一人だった。

「これを見ていただければ、はっきりすると思います」

俺のために説明しているようなものだが、栞子さんはトートバッグから大判の薄い本を取りだした。花模様の入った青い表紙に『駈込み訴へ』という題名の入った短冊が貼り付けてある。

「これは月曜荘版『駈込み訴へ』を、当時の装丁で日本近代文学館が復刻したものです……知人から借りました」

つまり砂子屋書房版『晩年』の復刻版と似たようなものだ。赤と青の表紙もあるとこの人が言っていた。きっと青い表紙のものを復刻したのだろう。

「あっ……」

本の背のあたりに目が吸い寄せられた。俺たちがよく知っている普通の本とは違って、太い糸でページが綴《と》じられている。時代劇なんかに出てくる、江戸時代の古い本のような——。

「そうか……和本だ」

四十ページほどの薄い和本、と説明されたのに聞き流していた。こんな風に糸で綴じられているなら、ページごとに本を分解するのも難しくない。

「書庫に入るたびに、一枚か二枚ずつ持ち出したんですね？」

「ええ。署名箋は持ち出して、帙を持ち出さなかったのもそのせいだと思います……帙は板の隙間に収まりませんから。表紙も含めてすべてのページを持ち出してから、新しい糸で綴じ直したのでしょう」

まだ口を覆っている富沢紀子を見ながら、彼女はさらに説明を続けた。

「『駈込み訴へ』を祖父がこちらへお戻しした時、きれいになっているように見えたのは、糸が新しくなっていたからだと思います。ただ、この本は背の角が小さな布で補強されていて、ページを取り外す際にはそれをはがす必要がありました。当然、ばらばらにされた痕跡は残っていたはずです。お父様はそれに気付かれたのだと思います。もう一度綴じ直したところで、完全に元通りになるわけではありませんから」

だから「駄目になっている」と嘆いたのか。父娘で本への印象が逆だったのも無理はない。

栞子さんの古書についての洞察力は相変わらずだ——でも、普段に比べると今日はやはり元気がなかった。つい先日、この家で『駈込み訴へ』について話した時とはテンションが違う。

「それにしても、どうしてそんな馬鹿なことを……」

小谷が腕を組んでうなった。

「わしの知る限りでは、田中は先生の『駈込み訴へ』にさほど興味を持っている様子はなかった。稀覯本でももっと別の……作家の個性が感じられるような、署名本の類を好んでいたはずだが」

「……『駈込み訴へ』に関心を持っていたのは、田中さんではなかったかもしれません。この件には別の人物が関わっています。その人物の指示で、田中さんは動いていた可能性があります」

栞子さんは二つに分かれたクリップボードを再び手に取った。

「これは鶴代おばさま……久我山鶴代さんからお借りしたものですが……」

「さっきから気になっていたの」

富沢紀子はかすれた声を発した。

「これはもともとわたしが隠し持っていたものよ。鶴代さんが欲しがっていたから、父や母に見つかって捨てられるよりはと思って、あげてしまったけれど……まさか、彼女が関わっているというの？」

確かに久我山鶴代も富沢家に出入りしていた一人だ。しかも事件の直後に証拠になりそうなものを持ち帰っている。怪しいと言えなくもない。

「違うと思います。もしそうだとしたら、犯罪の証拠になるようなものを取っておくわけがありませんし、わたしたちに見せるはずがありません」

栞子さんの冷静な答えに、富沢紀子は胸をなで下ろした様子だった——俺の中では疑問が膨らんでいた。だったら、一体誰の指示なんだろう。

「鶴代おばさまがクリップボードを持ち帰ったのは、父親に指示されたからです。おそらく田中さんがこのお宅に置き忘れてしまったものを、証拠を残さないようにと回収させたんです」

俺は頭の中で考えを整理する。

「ってことは……久我山書房が田中嘉雄と組んで『駈込み訴へ』を盗んだってことで

すか？」

「おそらくそうでしょう。鶴代おばさまがクリップボードを持ち帰っても、久我山尚大さんは受け取らずにあっさりあげてしまいました。クリップボードが戻ってきたのは事件の何ヶ月も後で、すでに表沙汰にならない形ですべてが終わっていたからでしょう。証拠を隠滅する必要も薄れていたんです」

誰にでも親切でにこにこしていた、という評価がとたんに薄気味悪くなってきた。栞子さんの話が本当だとしたら、はっきり言ってどうかしている人物だ。

「久我山書房か」

小谷が苦々しげにつぶやいた。知っている店らしい。

「筋のいい古書を扱っていたし、店主も愛想のいい男だったが、よからぬ噂もあったな。立場の弱い人間からは古書を買い叩いていた、まるで容赦がなかったと聞いたことがある。しかし、まさか盗みまでするとは……田中はあの男に『駈込み訴へ』を売ったということなのか？」

「そうだと思います。わたしの祖父は久我山さんのもとで働いていた人間でした。おそらくその縁を利用して、古書を取り戻したのではないかと……」

語尾が小さくなっていった。話がおかしい。だとしたら、篠川聖司は依頼人のために古書を取り戻したが、元雇い主の犯罪行為はうやむやにしたということだ。正義感が強いとか「人と古書の繋がりを守る」なんていう主義は嘘だったのか？　その程度の人間が多くの人々から信頼を得られるとも思えないが。

「しかし……やはり分からんな」

小谷は顎を撫でながらうなった。

「田中はどうして久我山と組んで盗みまで働いたんだろう。わしや杉尾にも隠していたのだから、よほどの事情があったはずだ」

「そこまでは分かりません……例えば、お金のことで借りがあったのかも……」

「いや、金のはずはない。奴は裕福だったと前にも話したろう。弱みを握られたとしたら別のことのはずだ……しかし、奴は至って身ぎれいな男だったよ。酒や女に溺れることもなかったし、ギャンブルにも興味はなかった。道楽と言えば古書集めぐらいだ。人に言えないような弱みがあったとはとても思えん」

「わたしにも、はっきりとは言えませんが……なにか、あったと思います……」

栞子さんは弱々しく言葉を返す。俺は確信した。この人はなにか隠している。証拠はないにしても、これだという仮説ぐらい持っているはずだ。

ふと、この場で彼女が触れていないことを思い出した。久我山鶴代が横浜で田中嘉雄から聞いた話だ。あれはひどい物言いだったが、伏せているのはおかしい。聞くに堪えない話でも、真実を知りたいというのが小谷の希望だったはずだ。

俺は黒髪に包まれた横顔を食い入るように見つめる。視線に気付いているはずなのに、彼女は俺の方に目を向けない。

ここ何日か俺はふさぎこんでいたが、この人の様子もおかしかった。久我山鶴代に話をした日から――それこそ、田中が口にしたという言葉を聞いた時からだ。

（なんというか、場所が悪くってね）

ひょっとして、重要な意味があったのか？　四十七年前、小谷たちが田中嘉雄を待っていた「場所」はごうら食堂だ。よく集まっていた店で、知っている人間ばかりがいたはずだが。

「あ……」

俺はうめいた。全身から力が抜けて、座卓の縁に両手を突いてしまう。もっと前に気付くべきだった。栞子さんがどうしてはっきり自分の考えを口にしないか。誰の、い、い、ためにそうしているのか。

自分に視線が集まっているのを感じる。俺は胸を張り、両手を膝に揃えた。そして、深く息を吸いこんだ。

「田中さんが『駈込み訴へ』を盗んだ理由、俺から説明します」

「大輔くん、待って……」

「約束したじゃないですか。分かったことは全部話すって」

うろたえている栞子さんの言葉を、俺は強い口調で遮った。

「で、でも、証拠があるわけでは……」

田中嘉雄は弱い人間だった。弱かったから間違いを犯した。脅しに屈して盗みもやった。親友たちに相談する勇気もなかった。あれこれ理由をつけて逃げ回りもした。大勢の人々を裏切ったが、それでも自分の守りたいものを一つだけ守った。

久我山鶴代から正直に答えて下さいと言われて、確かに真実の一部を話していた。事情を打ち明けるのに、ごうら食堂は場所が悪すぎた。どうしても聞かせたくない相手が、その場所に一人いたのだ。

「俺の祖母……五浦絹子は田中嘉雄さんと不倫関係にありました」

あ、と栞子さんが悲鳴に近い声を洩らした。他の二人の顔に驚愕の色が浮かんだ。

構わずに俺は続ける。

「四十七年前……事件の頃に別れていたかどうかは分かりません。でも、祖母との関係は田中さんの弱みになったはずです。久我山尚大から脅迫されれば、本を盗むしかない……篠川聖司さんが事件を中途半端に収めたのも、そのせいだと考えれば説明がつきます。もし警察に通報すれば、田中さんは自分が本を盗んだ理由を話すしかなくなる。そうなれば祖母にも影響が及ぶ……」

俺の祖母、五浦絹子はこのことを知っていたんだろうか、とちらっと思った。知っていたら放っておかなかっただろう。自分の不倫の罪も全部清算して、恋人を助けようとしたはずだ。だからこそ、田中嘉雄は絶対に言えなかったのだ。

「たぶん、田中さんと篠川聖司さんは、祖母の秘密を守ってくれたんです」

8

細めに開いた窓の外から、かすかに波の音が響いてくる。赤みを帯びた夕日がガラスに当たっていた。しばらくの間、俺たちは誰も口を利かなかった。

「知らなかった……田中と絹子さんが」

沈黙を破ったのは小谷だった。

「そう言われてみれば、思い当たる節もある。二人はとても親しかった……その話、あんたはまさか絹子さんから聞いたのか？」

「……祖母が亡くなった後、田中さんから贈られた本が出てきたんです。そこに田中さんの書きこみがありました」

書きこみから二人の関係を突き止めたのは栞子さんだ。彼女は顔を上げて、目だけで謝ってきた。俺は軽く首を横に振った。この人は五浦家の秘密を守ろうとしてくれただけだ。悪いことをしたわけではない。

「あの頃、絹子さんは身ごもっていたな」

小谷は初めて会ったような目で俺を眺めていた。誰の血を引いているのか察したようだった。今さら俺も隠すつもりはなかった。

「……俺の母親です」

「そうか……そういうことか。あのろくでなしの旦那と、よくまた子を作ったものだと不思議に思っていた。立ち入ったことを聞いてすまなかったな」

「いえ……構いません」

考えてみれば、事件が起こったのは祖母が俺の母を妊娠した頃だ。それも脅迫のネタになったのかもしれない。そもそも二人が別れたこと自体、この事件と関係している可能性だってある。

その時、隣の部屋との間にある襖が音もなく開き、腰の曲がった老人が姿を現した。

仕立ての良さそうな淡い紺色の和服に身を包んでいる。

ずっと隣で俺たちの話を聞いていたらしい。この前と違ってくぼんだ両目に刺々しさはなく、疲れたような色が浮かんでいるだけだった。

「先生……」

小谷がかすれた声で呼びかけた。

「小谷くんか」

笑おうとしたが、うまくいかないようだった。今にも泣き出しそうな表情に見えた。

「お互い……年を取ったな」

一歩ずつ客間に入ってくる。娘が急いで立ち上がり、肘掛けのついた高座椅子を隣の部屋から持ってくる。老人は慎重に腰をかけて、しばらくうつむいたまま動かなかった。

「……田中くんは」

唐突に話は始まったが、すぐに咳払いで途切れた。喉を悪くしているのかもしれない。

「あの夏、うちに来ても……ふさいでいることが、多かった。もっと詳しく、話を聞いてやればよかった……裏切られたのだと、君たちを拒んでしまった……古書欲しさに、わたしと付き合っていたのだと……」

私は、金が欲しさにあの人について歩いていたのです。おお、それにちがい無い。

ふと『駈込み訴へ』の一節が頭をよぎる。事情も聞かずに弟子たちを拒んだのは事実だが、この人を責めることは誰にもできないだろう。太宰本人から贈られた、なによりも貴重な古書を盗まれてしまったのだ。

「悩みがある、と彼は言っていた……ある女性と、別れなければならないが、それが苦しいと。若い者によくある話だと思っていた」

「どういう女性か、話してました？」

俺の質問を受けて、富沢博はしばし考えこんだ。

「どこの誰かは、明かさなかった。ただ……自分にとって、観音様《かんのん》のような人だと、言っていたな」

場違いだと分かっていたが、ついにやりとしそうになった。五浦絹子は大船にある観音像にそっくりだ。容姿の説明でもあり、同時に自分の想いの深さを語ってもいる。確かに田中嘉雄は話の上手い人物だった。

「久我山書房さんとは、盗難事件の後もお付き合いがあったんですか？」

琹子さんがその名前を出すと、老人は苦しげな表情を浮かべた。しかし、返事をためらうことはなかった。

「久我山が亡くなるまで、彼には資料のことで、ずいぶん世話になった……君たちの話を聞いても、まだ半分は信じられん。それが本音だ……ただ……」

急に咳きこんで話を中断する。富沢紀子が立ち上がりかけたが、心配ないというように手を振った。

「一部の高価な……本当に貴重な古書には、異様なほどの執着を示していた……ほとんど読書をしない男だったから、それが価値の基準だったのかもしれん」

「読書をしない……」

俺は口の中でつぶやいた。古書店員が必ずしも古書を読まないことは知っている。なにしろ俺自身が本を読めない人間だ。しかし、稀覯本を主に扱うプロ中のプロが、読書の習慣を持っていないというのは驚きだった。本当に古書の取り引きに特化した人間ということなんだろうか。

「わたしの『駈込み訴へ』についても、折りに触れて、売らないかと働きかけてきた……しかし、わたしの知る限りで、彼が一番欲しがっていたのは、田中くんが持ってきた、砂子屋書房版の『晩年』だ……鑑定したその場から、持って行きかねないほどの、熱心さだった……」

どきりと心臓が鳴った。ついにこの古書の話が出てきた。ようやく事情を知っている人物に辿り着いたのだ。栞子さんが緊張の面持ちで口を開いた。

「どういった『晩年』なんでしょうか？　署名はないけれども、太宰自身の貴重な書きこみがあると伺っていますが」

「そう。他のどんな本にもない、変わった書きこみがある……おそらく、昭和十一年の夏、太宰が水上温泉に持参したものだろう……『上越線《じょうえつ》水上《みなかみ》駅』のスタンプが、押してあった」

富沢博の表情はいきいきとして、さっきより若返って見えた。自分の専門分野について語るうちに、興に乗ってきたようだ。

「水上温泉？」

聞き覚えのある地名だった。以前、栞子さんが話してくれた太宰の経歴に出てきたと思う。

「……最初の奥さんと心中未遂を起こした場所でしたっけ」

隣の栞子さんに尋ねたつもりだったが、富沢博は感心したようにうなずいた。

「さすが、よく知っている……それ以外にも、一人で自殺を決めたことが、あったようだ……田中くんが手に入れたのは、その時に所持していた一冊で……おそらく書きこみも、同じ時になされたものだ」

栞子さんの顔からさっと血の気が引いた。どういう『晩年』なのか分かったらしい。声も出ないほど驚いているようなので、俺が富沢博に質問した。

「……自殺しようとした時に持ってたって、分かるもんなんですね」

栞子さんが持っている『晩年』の書きこみを思い浮かべていた──「自信モテ生キヨ　生キトシ生クルモノ　スベテ　コレ　罪ノ子ナレバ」。いい言葉だと思うが、俺には太宰がどういう状況で書いたのかは分からない。専門家はやっぱり違うのだ。

「誰かの証言が残ってるんですか？」

「いや、そうではない」

富沢博はきっぱりと首を振った。

「その『晩年』の見返しには、太宰の直筆で『自殺用』と書いてあった……他に解釈のしようがない」

第三章『晩年』

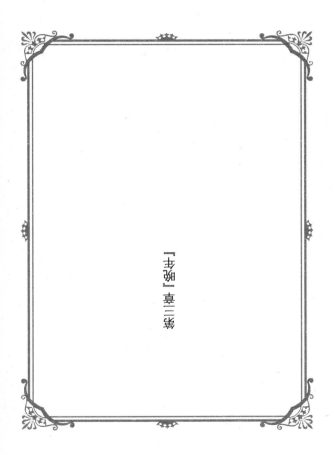

1

富沢博は大きな鍵を差しこんで錠を外した。

土蔵の内扉がいかにも重そうだったので、俺も開けるのを手伝った。しばらくぶりに開けたのだろう。埃《ほこり》と古い紙とインクの入り混じった、独特の匂いが廊下にあふれ出した。明かりの点いた書庫へ、最初に足を踏み入れたのは栞子さんだった。

「わあ……すごい……こんなに……」

棚に並べられた古書には丁寧にパラフィン紙がかけられ、古い文芸雑誌らしいバックナンバーも数字どおりきちんと並べられている。彼女はつんのめるように杖を突いて、書架と書架の間にふらふらと消えていった。膨大な古書に身も心も奪われている。

蔵書の持ち主はもちろん、俺たちのこともすっかり忘れているようだ。

「……すいません」

他の人たちに頭を下げた。しかし、誰も気を悪くしてはいないようだった。

「ここに入った愛書家は、だいたいああなる……小谷くんも、そうだったな」

「はい……そうでした」

懐かしそうに目を細めながら、小谷が富沢博に言った。

「また、ずいぶんと増えていますね。蔵書が」

かつての「先生」と顔を合わせてから、小谷の物言いは陽気になっていた。きっと若い頃はそんな風に話していたのだ。

「……そうかもしれんな。考えたこともなかったが……ずっと、ここを見る者は、わたし以外にいなかった」

老人は正面の書架にまっすぐ向かった。彼の娘がその背中を支え、俺たちがその後に続いた。

「確か……この巻だったな……」

老人は函に入った一冊を抜いた。ゆまに書房《しょぼう》『太宰治論集《だざいおさむろんしゅう》　同時代篇《どうじだいへん》9』。函から本を出し、指を舐めながらページをめくった。

「これは太宰についての、研究論文や評論の類を収めた全集だ……この巻に田中くんが持っていた『晩年』についての随筆が……おお、ここだ」

ページを広げて見せてくれる。題は「太宰治君の自家用本『晩年』のこと」。著者は淀野《よどの》隆三《りゅうぞう》だった。読んでいくと太宰と親交があった人物らしい。

……尤もただ初版本といふだけでは、さして珍重するにも当るまいが、この本は太宰君の自家用本であることが明らかなのである。それは太宰君が見返しの左下に自筆で書いてゐるところなのだが、その「自家用」といふ三字も最初には「自殺用」と書かれてゐるのである。誤つてさう書いたのか、意識して書いたのか、そのせんさくはともかくとして、墨で消した一字を洗ふと、たしかに「殺」といふ字が読める。この一字を消して、「家」といふ字がその左傍に書いてある。

「……『自殺用』を『自家用』に変えたんですね」

「そう。意味がまったく違う……自殺を考えたが、その気がなくなった、ということだろうな」

この随想では太宰に配慮した書き方になっているが、「家」と「殺」を間違えるなんて常識的にありえないだろう。いや、その前に自殺を考えている人間が、自分のものに「自殺用」と書くなんて聞いたことがない。自分の過去を題材に小説を作り出していた作家らしく、なんでも言葉で書かなければ気が済まない、執念のようなものを感じる。

田中嘉雄が「子供にはあまり言いたくない」と、久我山鶴代に教えたがらなかった理由もこのへんにあるのだろう。

「ここにも書いてあるが、あの『晩年』には、太宰の名刺も、貼り付けてあった……名刺には、友人知人からの借金の一覧表が、書きこんであった。総額で四五一円……当時の太宰にとっては、かなりの金額だ」

「借金の一覧表……そんなもの、なんで貼り付けたんですか」

「貸し主の中には、先輩作家の佐藤春夫《さとうはるお》や……『晩年』の版元だった、砂子屋書房も含まれていた。金がなく、不義理を重ねていた自分を、恥じていたのだろう。当時、太宰は薬物中毒になっていた……精神的にも、不安定だったのだろうな」

　薬物中毒については栞子さんから聞いた。薬代のせいで相当借金がかさんでいたという。めちゃくちゃなことをやっているわりに、誰から金を借りようがどうでもいいと開き直ることはできなかったわけか。「人としての弱さに共感する」という栞子さんの言葉を思い出した——少しだけ分かる気がする。

「あの……すみません。勝手に、見て回ってしまって……」

　書庫を一周してきた栞子さんが、おずおずと声をかけてきた。やっと正気に戻ったらしい。

「いや……別に構わんよ」

富沢博はぎこちなく目元を緩ませた。

「ただ、わたしもこの年だ……あまり長い時間は、話せん……早めに用件を済ませた方が、よさそうだな」

「は、はい」

栞子さんが表情を引き締めて、両手で眼鏡をかけ直した。富沢博はかなりの高齢だ。四十七年前の写真でも四十代半ばに見えた。だとしたら、今は九十歳を超えている。

「久我山さんは、田中さんのお持ちになった『晩年』を、本物だとおっしゃったんですね？」

「間違いないと、言っていた……アンカットだったが、自家用というだけあって、状態はあまりよくなかった。帯もなかった。すべての特徴が、一致するそうだ」

「本当に、アンカットだったんですね？」

「ああ……わたしも状態を確認している」

田中敏雄に「春灯」から届いたメッセージには、一部のページがアンカットではなくなっていると書かれていた。あの男の祖父が持っていた時点では、まだページは切り開かれていなかったのだ。たぶん、後の持ち主が切ってしまったのだろう。

「……分からないことがあります」

栞子さんは老人が開いている『太宰治論集　同時代篇9』のページに細い人差し指を添えた。

「この淀野隆三の随筆は『自殺用』の『晩年』についての、数少ない詳細な証言です。ここにも帯の有無やアンカットかどうかについては書かれていません。久我山さんはどこでそんなに詳しい情報を得たんでしょうか」

「それは、わたしも尋ねた……疑問に思ったからな」

富沢博は静かに本を閉じて、小脇に抱えていた函に収めようとする。少し手元がおぼつかない。隣にいた富沢紀子が後を引き継いで、本を書架に戻した。

「久我山は、同業者から聞いたそうだ……太宰がこの『晩年』を、金に困って神保《じんぼう》町《ちょう》の古書店で売り払ったことは、君たちも知っているだろう」

「はい……それをすぐに太宰の知人が買って保存していたそうですね。戦後になってから、大阪の古書店にそれが流れたと聞いていますが」

口を挟むタイミングがなく、黙って聞いていたが、もちろん俺にはまったくの初耳だった。栞子さんの古書についての知識は本当に並外れている。この自殺用の『晩年』についても知らなかったわけではなく、どの初版本の話か頭の中で結びつかなかっただけのようだ。

「久我山が勤めていた古書店は神保町にあった……働き始めたばかりの頃、他店の店員から、この『晩年』について、話を聞いたそうだ。以前、太宰治が自家用本を、売りに来たと……」

「神保町界隈《かいわい》で、話題になっていたという意味でしょうか？」

「久我山の話では、そういうことだな」

こんな珍しい一冊を作者自身が売りに来たのだから、別に不思議ではない。俺が当時の店員でも、世間話のネタぐらいにはすると思う。

「久我山さんの鑑定で本物と分かった後、その『晩年』はどうなったんですか？」

「……当然、田中くんが持ち帰ったよ。久我山がどうにか買い取ろうと、四十万か五十万か、それなりの金額を提示したが……彼はにべもなく、はねつけていた。この『晩年』は、自分の一生の宝だと言って」

当時の貨幣価値はよく分からないが、高額だということは察しがつく。少なくともその時点では、いくら金を積まれても売る気などなかったということだ。

「その後は、君たちの知っているとおり、田中くんはここで、毎日のように、調べものをしていた……自殺用、という言葉にインスピレーションを得て、太宰が自分の心中未遂や、自殺未遂を扱った作品について調べていたようだ……なにか発見したようなことも、言っていたが、どこまで本当だったのか……」

「富沢先生」

栞子さんが柔らかく語りかけた。

「田中さんは……確かに罪を犯してしまいましたが、直感に優れた、明晰《めいせき》な方だったとわたしは思います。先ほどはご説明する機会がありませんでした……田中さんがこの書庫で、お書きになっていたメモには……」

栞子さんに見られて、俺は我に返った。ひょっとしたら書庫で必要になるかもしれないと思って、さっきの客間からクリップボードごと持ってきたのだ。真相が明らかになった今となっては、俺が預かってても栞子さんはなにも言わなかった。

肩にかけたバッグから出して、富沢博に手渡した。その脇から小谷も覗きこむ。

「狂言の神、道化の華……東京八景、十五年間……黒虫俊平……黒木、舜平《しゅんぺい》……?」

かろうじて読める単語を、富沢博はぶつぶつつぶやいていたが、突然ぱっと顔を上げた。興奮に瞳を輝かせている。弟子の方はその隣でまだうなっていた。

「なるほど……もっと前に、見ておくのだった。太宰文学を、本当によく知っている人間なればこそだ……当時としては、画期的な発表になったろうな」

残念そうに目を伏せた。小谷は顔をしかめている。愛読者としてのプライドを刺激されたらしく、まだ色々な角度からメモを眺めていた。

「後にしよう、小谷くん」

弟子の肩を叩いて、先を促すように俺たちを見上げる。どんな研究か気にはなったが、とりあえず黙っていた。時間を無駄にはできない。

「田中嘉雄さんの『晩年』は、その後どうなったんでしょうか」

栞子さんが尋ねると、富沢博の口元が引き締まる。歯を食いしばっているのが分かった。

「あの事件から、何年か後、久我山がうちへ来た時、田中くんの話をしていた。深くは聞かなかったが……最近は金に困っているようだ、と言っていた。自分も少し貸していると……そして、田中くんから、例の『晩年』を買い取った、と笑っていた」

俺は絶句した。久我山書房だったのか。去年、田中敏雄は「祖父の『晩年』は安く書い叩かれた」と言っていた。『晩年』は栞子さんが持っている一冊で、買い叩いたのはビブリア古書堂だと思いこんでいたわけだが、どちらも間違っていたわけだ。

「四十年ぐらい前、ですか？」

「その頃だな……オイルショックより少し前だった」

つまり『晩年』は杉尾が経営する虚貝堂から田中嘉雄へ売られ、さらに久我山書房の手に渡ったということだ。

（どんな気持ちだったんだろう）

師匠の古書に手を付け、二人の親友も失い、五浦絹子とはとうに別れている。仕事もうまくいかず、自分を脅迫した相手に金まで借りる羽目になり、ついには大事にしていた古書まで失う――想像するだけでも耐えがたい。

「それにしても……久我山はなんで最初から『晩年』を要求しなかったんですかね。この書庫から『駈込み訴へ』を盗ませたりしなくても、よかったじゃないですか」

もしそうなっていたら、田中嘉雄が失うものはまだ少なかっただろう。

「その時点では富沢先生の『駈込み訴へ』、田中嘉雄さんの『晩年』、両方を狙っていたからだと思います」

栞子さんが淡々と答える。背筋が薄ら寒くなった。

「富沢先生を脅迫する材料はありませんから、この書庫に出入りできる田中さんを使って、盗ませることにしたんです……先に『駈込み訴へ』を狙ったのは、田中さんを皆さんから孤立させ、相談する相手を奪う効果も見込んでいたのだと思います。

結局、『駈込み訴へ』は手に入りませんでしたが、田中さんは孤立してしまいました。その後はじっくり田中さんを追い詰めて、最終的に『晩年』を手放させたのでしょう」

俺は久我山の冷酷さを改めて実感していた——と、同時にそれを簡単に解き明かす栞子さんの明晰ぶりにも一抹の不安を覚えていた。万が一、この人がその気になったら、久我山尚大と同じことができそうだ。そんな日は来ないと分かっているが。

「久我山家の皆さんに、もう一度お話を伺ってみます。『晩年』のゆくえをご存じかもしれません」

そう言って、栞子さんは俺を見上げる。もうここでの用事は済んだようだ。彼女は他の三人に挨拶を言いかける。

「……待ちなさい」

富沢博がそれを遮った。

「は、はい……なんでしょうか」

「君は四十七年前の謎を、解いてくれた……なにか、報酬を渡したいのだが」

「いえ、それは、結構です」

栞子さんはきっぱりと辞退した。

「報酬をいただくようなことはしていませんし……あ、でも、もしご蔵書をお売りになる際には、是非当店をご用命下さい」

と、丁寧に頭を下げる。そういえば、今までこういう謎を解いても、報酬というものをあまり受け取ったことがなかった。蔵書の買い取りをさせてもらったのが例外と言えば例外だが、きちんと内容に見合った額を支払っている。

突然、富沢博が笑い声を立てた。初めて見る屈託のない笑顔だった。俺たちは戸惑って顔を見合わせた。一体、なんなんだろう。

「四十七年前、篠川聖司くんも、同じことを言った」

「え……祖父がですか？」

栞子さんが目を丸くする。

「そう。事情は、明かしてもらえなかったが……わたしがなによりも、大事にしている一冊を、取り戻してくれた。礼になるものを渡したい、と言ったら、報酬を受け取るようなことは、していないと断られた。自分も今回の結果に、満足してないからと……『ただ、今後古書をお売りになる際は、ぜひ当店に』、だそうだ」

確かに示し合わせたように似ている。栞子さんが篠川聖司の血を引いているのだと改めて実感した。

「だから、わたしはその場で、彼に古書を売った……砂子屋書房版の『晩年』の初版……わたしが持っていた中で最も状態のいい、アンカットを」

はっと頭に閃いた。もちろん、栞子さんも気付いたようだった。

「『自信モテ生キヨ　生キトシ生クルモノ　スベテ　コレ　罪ノ子ナレバ』」

彼女はその言葉を繰り返す。おお、と老人は感嘆の声を上げた。

「それだ……太宰の直筆で、その言葉が書きこまれていた……彼もそれを気に入ってくれたようだ。『神ならぬ身の我々人間にとっては、考えさせられる言葉です』と。もちろん、適正な価格で買い取っていったが……売らずに、持っていてくれたのか」

「祖父はずっとその『晩年』を大事にしていました。祖父が他界した後は父が受け継いで……父からわたしが受け継ぎました」

俺の体に緊張が走る。表向きにはもう燃え尽きたことになっている。栞子さん以外で存在を知っているのは俺と――それに、ビブリア古書堂に手紙を投げこんだ人間ぐらいのものだと思う。

「そうだったのか……よかった。それはよかった」

今もあるとは断言していない、彼女の微妙な言い回しには気付かずに、富沢博は何度も頭を振った。

「どうか、これからも大事にして欲しい」

栞子さんは杖を固く握り、無言でもう一度頭を下げた。隣にいた俺もそれに倣う。俺はこの人と一緒に、この人が大事にしている本も守ることに決めている。

そのためにはどんな危険も冒すつもりだった。

2

富沢家を出た時はすっかり夜になっていた。

黒々とした雲の間から、かすかに星が覗いている。庭を通り過ぎて、近くに停めていたライトバンに向かう。帰ろうとしているのは俺と栞子さんだけで、小谷はまだ富沢親子と一緒にいる。この四十七年間になにがあったのか、語り合うことが山ほどあるからということだった。

過去の色々な話を一気に聞いたせいか、頭の奥に痺《しび》れるような疲れを感じていた。意外なところから栞子さんが持っている『晩年』のルーツが分かった。田中嘉雄の蔵書ではなかったが、まったく無関係というわけでもなかった。

歩いている間に、俺はこれまでに分かったことをざっと振り返る。といっても、栞子さんが言ったとおり、証拠があるわけではない。かなりの部分は憶測だ。細かいところは違っているかもしれない。

四十七年前、久我山書房の店主・久我山尚大は二冊の太宰の稀覯本に目を付けていた。田中嘉雄が虚貝堂の杉尾から買った太宰の自殺用――いや、自家用の砂子屋書房版『晩年』と、富沢博が太宰から贈られた月曜荘版『駈込み訴へ』。久我山は五浦絹子との関係をネタに田中嘉雄を脅し、富沢家の書庫から『駈込み訴へ』を盗ませた。

それを持ち主の元に返したのが栞子さんの祖父・篠川聖司だった。謝礼として、富沢博はアンカットの『晩年』をビブリア古書堂に売った。それが今、栞子さんが持っている『晩年』の初版本だ。

事件から七年後、金に困った田中嘉雄は、久我山書房に自家用『晩年』を安値で売った。その一冊が誰の手に渡ったのか、今のところはまだ分かっていない。

なんとも込み入った事情だった。しかし、一番疑問に思っているのは、今の俺たちにそれらがどう繋がっているのかだ。

ビブリア古書堂に手紙を投げこみ、田中敏雄に祖父の『晩年』についての情報を与えた人間はどこかにいる――俺たちの様子を窺い、なにかを仕掛けようとしているのだ。単独でやっているのか、複数の人間が関わっているのか、それすらもまだはっきりしていない。

「……あっ」

車のドアを開けた時、ふと大事なことを思い出した。富沢家の方を振り返る。

「大輔くん、どうかしました？」

「例のクリップボードと、田中嘉雄のメモを忘れてきました。取ってきた方がいいですよね」

「いいえ……お預けするつもりで、わたしが置いてきたんです。富沢先生にじっくり読んでいただきたくて。鶴代おばさまにも許可は取ってあります」

「そうだったんですか……あれ、結局どういう内容だったんですか？」

さっきは聞きそびれてしまった。太宰文学を本当によく知っている、と富沢博も褒め称えていた。かなり深い知識がないと分からないのだろう。ロマネスクの会のメンバーだった小谷ですら分かっていなかった。

「……ある太宰の短編について、田中さんはメモをお取りになっていたんです」

助手席に乗りこんだ栞子さんは、シートベルトを着けながら言った。俺はエンジンをかけて、坂道を下っていった。

「小説の題名が入ってましたよね。あのメモ」

「そうです。『狂言の神』、『道化の華』、『東京八景』、『十五年間』……すべて、腰越での心中事件に触れている作品です」

「心中とか自殺未遂を扱った作品について調べてた……って話でしたっけ」

ライトバンは海岸沿いの国道に出る。平日とはいえ、このあたりは少し交通量が多い。ほんの少し進んだところで信号に捕まった。

ちょうど小動岬の手前だ。木々の生い茂った丸い輪郭が、暗がりにぼんやり浮かんでいた。

「そうです。おそらくその過程で、太宰が若い頃に匿名で書いた作品に気付かれたんだと思います」

「匿名？　そんなのあるんですか？」

「ええ。昭和九年、太宰は黒木舜平というペンネームで、『断崖《だんがい》の錯覚《さっかく》』という短編を発表しているんです」

「黒木って……あ、あのメモにあった……」

二つあった人名の一つだ。あれは別ペンネームだったのか。

「どんな内容なんですか？　その『断崖の錯覚』って」

栞子さんは目を細めて、ちらりと岬を眺める。その向こうには江ノ島があるはずだが、ここからははっきり見えない。

「……探偵小説です」

低い声で言った。一瞬、聞き違いかと思った。

「探偵小説って……ミステリーですか？」

「太宰自身はそう呼んでいました。推理の要素はあまりありませんが……主人公はいかにも太宰らしい、作家志望の内気な青年です。素晴らしい小説を書くために、ありとあらゆる経験をしなければならないと思い悩み、旅先で知り合った喫茶店で働く女性を……断崖で殺してしまうという内容です」

ちょうど信号が変わり、再び俺は車を走らせた。交差点を曲がって小動岬から遠ざかっていく。

「まさか、自分の起こした心中事件を参考にしてるんですか？」

太宰は銀座のカフェで働いていた女性とたまたま知り合い、小動岬で睡眠薬を飲んだと聞いた。飲食店で働いていた女性が海のそばで死ぬという展開は、どうやっても実話を連想させる。

「なんとも言えないですね。舞台は熱海になっていますし、女性も睡眠薬ではなくて突き落とされて亡くなります。とはいえ、着想の出発点になったのは間違いないでしょう……自分が起こした事件で女性が亡くなったことを考えると、自分に似た主人公が女性を殺す展開にしてしまうのは……ちょっと理解しがたいです」

「なんで探偵小説なんて書いたんですか？」

「匿名で娯楽小説を書いて、収入を安定させたいという気持ちがあったようです……結局、探偵小説はこれ一作だったようですが」

「結局、面白い……んですか」

栞子さんはむうっと顔をしかめて、しばらく言葉を探している様子だった。腰越駅の踏み切りが鳴っていたので、「電車接近」の表示の前で再び車を停めた。緑色の古い江ノ電が、道路に敷設された線路を走っていった。

「主人公はよく書けていると思います。旅先で憧れている新進作家になりすまし、おどおどしながら歓待を受けるくだりや、正体の露見を恐れて女性を突き落とす際の心理描写は、いかにも太宰らしいです。推理ものとしては……その、当時も特に、評判にはならなかったようです」

栞子さんにはあまり面白くなかったようだ。まあ、評判になるような内容だったら、他にも探偵小説を書いていただろう。

江ノ電が行ってしまったので、俺たちの車も前に進んだ。

「ただ『断崖の錯覚』が執筆されたのは、『道化の華』とほぼ同時期です。同じようなモチーフを扱っていますから、読み比べるのは興味深いと思います……なんというか、裏『道化の華』のような感じで」

俺はクリップボードに挟んであったメモを思い出す。『道化の華』以外にも、心中事件を扱ったという小説がいくつか列挙してあった。

「田中嘉雄はそういう発表をするつもりだったんですかね。『断崖の錯覚』と、心中を扱った他の作品を比べるとか」

「わたしもそう思います。でも、四十七年前に『断崖の錯覚』について論じることは、とても画期的だったんです」

「画期的？」

「実は太宰が『断崖の錯覚』を執筆したことは、長い間知られていなかったんです。掲載誌だった『文化公論《ぶんかこうろん》』との仲介役をつとめた友人が、太宰に口止めされていたからと、死後も秘密を守り続けていたんですね。さすがにもう問題はないと考えて、公表したのが一九八一年です。これだけ研究しつくされ、読まれ続けてきた作家なのに、それまでは誰も存在にすら気がついていませんでした」

俺は頭の中で計算する。一九八一年というと、ちょうど三十年前だ。田中嘉雄がメモを書いたのは四十七年前――十五年以上も開きがある。

「じゃあ、誰も気がついてなかったものを、田中嘉雄は自力で発見したっていうんですか？　公表される十何年も前に？」

「そうです」

栞子さんはうなずいた。確かにそれは凄いことだ。

「でも、どうやって見つけたんです？」

公表されておらず、誰も気付いていなかったものを発見したのだから、それなりの根拠があったはずだ。

「幸運もあったと思います。富沢先生の書庫には、古い雑誌のバックナンバーがかなりありましたね。その中には探偵小説や……その、性的な読み物も扱う、昭和初期の大衆向けの文芸雑誌もかなり含まれていました。さっき書庫を見て回ったら、『断崖の錯覚』が掲載された『文化公論』も棚にあったんです」

書架に吸い寄せられていった栞子さんを思い出した。あれはただ夢中になっていたのではなく、田中嘉雄がどうやってこの発見をしたのか、調べるためでもあったのだ。

「おそらく古い雑誌をめくるうちに、田中さんは偶然『断崖の錯覚』をお読みになったのでしょう。たまたま知り合った女性の死というプロットや、『道化の華』などと描写に共通性があることから、太宰が匿名で書いたという仮説を立てられたのだと思います。おそらく、決め手はペンネームですね」

「ペンネームって、黒木舜平ですか」

「その他に、あのメモには『黒虫俊平』という名前が書いてありました……」

「確か……太宰がデビュー前に使っていたペンネーム、でしたっけ」

「ええ。『黒虫俊平』の方は、当時すでに筑摩書房の全集の解説などでも触れられていました。二つのペンネームの類似から、田中さんは『黒虫俊平』と同じく『黒木舜平』も太宰の変名だと確信されたんでしょう」

言われてみれば、判断の材料は一応揃っている。しかし、それを結びつけられるのは並大抵の知識と直感ではない。

「本当に……すごい人だったんですね」

俺は素直な感想を口にする。栞子さんは深いため息をつきながらうなずいた。

「この研究をもっと進められていたら……田中さんにも富沢先生のような研究者の道がありえたかもしれません……もし四十七年前の、事件がなかったら……」

3

三十分近くかけて、俺たちは北鎌倉に戻ってきた。

もちろん営業時間はとっくに終わっているが、ビブリア古書堂にはまだ明かりが点いているようだった。

「まだ、開けてるんですかね」

フロントガラス越しに様子を窺いながら、助手席の栞子さんに言った。

「カーテンは、閉まっているみたいですけれど」

閉店作業もこんなに遅くまではかからないはずだ。とにかく母屋の駐車場にライトバンを停めて、俺たちは外から店舗に回った。少し不安になっていた——ひょっとして、店番の篠川文香の身に、なにか起こったんじゃないだろうか。俺たち以外に危険は及ばないと思っていたが、それも甘かったかもしれない。

店内からは人の声が聞こえる。カーテンはすっかり閉まっていたが、表のガラス戸は細めに開いていた。俺と栞子さんは並んで耳を押し当てる。

「結婚かー」

聞き慣れた元気そうな声にほっと胸をなで下ろした。誰かに話しかけているらしい。

でも、結婚ってなんだ？

「お姉ちゃんは考えてるんじゃないかなー。ご飯の時にテレビ点けてると、結婚雑誌とか結婚式場のＣＭで、ぴたっとお箸が止まるんだよね。で、黙ったまんまじーっと眺めてんの……あれ、ちょっと怖いわー」

俺たちの話だった。ついこの前、あまり騒がないで欲しいと頼んだばかりなのだが。

琹子さんがしゃっくりみたいな変な声を上げて、片手で口を押さえた。

「嘘っ、やだわたし……あの、ち、違いますから。今すぐけ、結婚とかっ、考えてませんから」

赤くなった顔を左右にぶるぶる振る。俺の方はあまり驚いていなかった。というか、付き合うとしたら結婚が前提になるかもしれないと、この人自身が言っていた。さすがに今すぐとは思っていなかったが、付き合っていけば当然そうなる、ぐらいの覚悟は持っていた。

「あら、うちの寛子もじっと見てるわよ。そういうものじゃないの。素敵な結婚式の場面が出てくると、わたしだって止まっちゃうわ、お箸ぐらい」

うちの寛子、という言葉で相手が誰なのか分かった。久我山鶴代だ。閉店間際に来て、そのまま話しこんでいるのだろう。

「あたしは止まんないな！　そういえば、寛子さん大人っぽくなったよね。こないだ鶴代おばさんとここに来た時、びっくりしたよ。この一年ぐらい、全然顔見てなかったから」

「今年二十歳だもの……去年は短期留学に行ったり、ウィンドサーフィン？　のサークルに入ったり、出かけることが増えたのよね。相変わらず本読むのは好きな子だけど」

「いいなー、あたしも早く大学生になりたい……あ、それで、お姉ちゃんと五浦さんの話に戻るんだけど、この前」

強引に戻りやがった。店に入るタイミングがつかめなかったのだが、これ以上聞いていても仕方がない。俺はガラス戸とカーテンを同時に開けた。二人はカウンターを挟んで向かい合っていた。篠川文香は制服姿で、久我山鶴代の方はトレーナーとジーンズというラフな服装だった。といってもただ立ち寄ったわけではなく、なにか用事があってここへ来たようだ。

「あっ……お帰りなさい。お疲れさまっ！」

一瞬しまったという顔をしたが、すぐに取り繕うように白い歯を見せた。久我山鶴代も俺たちを振り返る。

「お帰りなさい。お邪魔してるわね」

「こ、こんばんは」

栞子さんがぎこちなく挨拶した。俺も頭を下げる。

「なんか、話があるんだよね。じゃ、あたしはそろそろ！」

と、篠川文香はそそくさと母屋へのドアを開けて立ち去った。

「すいません、ちょっと奥行ってきます」

栞子さんたちに断って、俺は母屋に入る。篠川文香と話したかったのだ。台所の前で追いついた。

「ごめんごめん。鶴代おばさん、もう知ってたから、お姉ちゃんと五浦さんのこと、話していいかと思って……」

俺が口を開く前に彼女が謝ってきた。

「あっ、五浦さんに注意された後は、お客さんに喋ってないよ。自分からは！　注意される前だって、喋る時と喋らない時があったし。いやほんとに！」

口は軽いが、この子は基本的に嘘をつかない。それはともかく、俺が話そうと思ったのは別の用件だった。

「今日、店で変わったことはなかった？」

一応、それを確認したかったのだ。俺は漠然と胸騒ぎを感じていた。なにかが起こるような不安が拭えなかった。

「えっ、別になにも……夕方だったし、ほとんどお客さんも来なかったから。鶴代おばさんが閉店前に来たぐらい。なんかあったの？」

「それは……」

この店に起こっていることを説明しようか迷ったが、栞子さんと相談する方が先だと思い直した。事情を知っている人間は、なるべく少ない方が安全という考え方もある。

「近いうちに話すよ」

そう言い残して彼女から離れた。店に戻りながら、ショルダーバッグからスマホを取り出す。富沢家に行っている間、メールを確認する余裕がなかった。新しいメールは三通あった。急な出張で今夜は家にいないという母親からの連絡と、来週遊ぼうという地元の友達からの誘いと——後は田中敏雄からのものだった。

ここ数日、あの男とわりと頻繁にメールのやりとりをしている。『晩年』の調査状況の確認と、後はちょっとした雑談だが、最近は後者の方がメインになっていた。

こちらとしては『晩年』のゆくえについて具体的に教えるわけにはいかない。あくまで目的は今の持ち主に警告することだからだ。かといって用件だけのやりとりを続けていけば怪しまれるだけなので、誤魔化すためにも雑談に乗るしかなかった。

雑談といっても、久しぶりに行った神保町の老舗古書店が閉店していたとか、ネットの古書業者の傾向とか、筋金入りの古書マニアらしい内容で、俺にも意外に参考になっていた。今回のメールではついに在庫の問い合わせをしてきた。赤瀬川原平《あかせがわげんぺい》の

『東京ミキサー計画』という本が欲しいらしい。

あいつの正体が露見する前——笠井菊哉という偽名でここに出入りしていた頃のノリに近くなっている。油断は禁物だと言い聞かせて「本は捜しておく。『晩年』の件は分かり次第連絡する」とだけ急いで打って送信した。

店へのドアを開けると、耳に飛びこんできたのは久我山鶴代の弾んだ声だった。

「……本当に今月まで知らなかったわ。栞子ちゃんにあんな立派な恋人ができたなんてねえ」

「ま、まだそんなに、経ってないですし……」

もう本題に入っていると思っていたが、さっきと同じ話題が続いている。栞子さんがすがるような涙目で俺を見上げた。だいぶ追い詰められている。あと可愛《かわい》い。

「すいません。お待たせして……」

俺は二人の話に割って入った。

「今日、富沢さんのお宅に行ってきたんです」

「あら、やっぱりそうだったの。元気だった？　紀子さん」

ええ、と栞子さんがうなずいた。突然、久我山鶴代はうってかわって真剣な表情になった。今まで幼く見えていた顔も、年相応に分別《ふんべつ》らしくなった。

「それで、なにか分かった？　四十七年前に、本当はなにがあったのか」

　俺は動揺してしまった。あのクリップボードとメモまで借りたのだから、当たり前の質問だ。しかし、久我山尚大が裏でなにをやっていたのか、おそらくこの人は知らない。

「……昔のことですし、調べようのないことが多くて」

「それじゃ、栞子ちゃんの考えを聞かせて……いいのよ、気を遣わないで。なにもかも全部話してちょうだい」

　この人もまた過去を知る覚悟を持っている。栞子さんは考えをまとめるように店の中を見回していたが、やがて「この場だけの話にしていただきたいのですが」と前置きして、静かに語り始めた。

　それは俺たちが知り得たことのほとんどすべてだった。四十七年前の『駈込み訴へ』の盗難事件と、田中嘉雄が突き止めた『断崖の錯覚』について。それに、今の俺たちが田中嘉雄の孫から依頼されて太宰自家用の『晩年』を捜していること、もちろん久我山書房がそれを買い叩いたことも。

　そして、篠川聖司が富沢博から買い取り、栞子さんが受け継いだ『晩年』を燃やしたように見せかけ、それを指摘する手紙を受け取った件も隠さなかった。

　どうしてそこまでと思うところもあったが、きっとこの場で語ることに意味があるのだろう。ただ一つだけ、五浦絹子と田中嘉雄の関係についてはためらっていたので、俺が代わって説明した。

「……つまり、父は他人の古書を奪い取るような人間だった、ということね」

　すべてを聞き終えてから、久我山鶴代はつぶやいた。栞子さんが慌てたように頭を下げた。

「すみません……あくまで、わたしの考えで本当かどうか……」

「いいのよ。栞子ちゃんが間違ってるって言っているわけじゃないの。わたしの知っている父は優しい人だったけれど、それでもなにかがおかしいと思う時はあった……あのクリップボードを持って帰るように言った時、別人みたいに怖い顔をしてたわ。父があまり質の良くない取り引きをしている噂も、少しは耳に入ってきていたし……母は天真爛漫《てんしんらんまん》な人だから、気がついていなかったと思うけれど」

　彼女は疲れたように眼鏡の下から鼻筋を揉む。一度ぎゅっと目を閉じて、意を決したように俺たちを見つめた。

「父には、よそに女の人がいたの」

　突然明かされた秘密に、俺たちは呆然と立ちつくした。

「場所は知らないけれど、ここからそう遠くないところに住んでいて……その人との間に子供までいた。わたしが大学生の頃、一度だけその子をうちに連れてきたことがあったそうよ。母が泣いているのを見たのは、その日だけ」

生前の写真すら見たことのない、久我山尚大という人物がますます不気味に思えてきた。調べれば調べるほど、後ろ暗い過去が噴き出してきそうだ。この先もなにがあるか分かったものではない。

「父が田中さんを脅していたことは、母には言わないで。体がだいぶ弱っているから……あまり負担をかけたくないの」

もちろんですと栞子さんが答えた。俺たちは他人の平穏を奪うために調べているわけではない。

「……田中嘉雄さんから買い取った、太宰の自家用『晩年』が、その後どうなったのかご存じですか」

ついにこちらが知りたかった質問を口にする。

「わたしもさっきから考えていたけれど……」

久我山尚大の娘は、顔を上に向けたまま動きを止める。必死になにかを思い出そうとしている——しかし、やがて水から上がったようにふうと息を吐いた。

「全然分からないわ。たぶん、お客さんに売ったんでしょうけど、それが誰なのかまでは……」

「お父様が手元に置いておかれた、ということもありませんか？」

「それもないわね。個人的な思い入れとか、因縁があるならともかく、父は自分の本を持つということがほとんどなかったから。栞子ちゃんも知っているとおり、うちには父の蔵書って残ってないでしょう。生きている頃からあまり変わらない状態だったのよ」

そういえば、久我山家の書斎にあったのは全部あの老女のものだと聞いた。読書の習慣がなかったなら、蔵書がないのも当たり前だ。

なにかを思い付いたのか、久我山鶴代は二つ折りの携帯を取り出した。

「ちょっと母に訊いてみるわ。枕元に携帯が置いてあるから、起きてたら出てくれるはずよ」

と、電話をかけ始める。しばらく待っていたが、相手は出ないようだった。表情を曇らせて携帯をしまった。

「最近、眠っているばかりで、起きている時間がほとんどないの……今年のお正月ぐらいまではベッドにいても好奇心旺盛で、色々な楽しみを持っていたのだけど。寛子が短期留学している時も、ビデオチャットっていうのかしら、パソコンを使ってやりとりをしたり……」

俺は白髪の女性の顔を思い浮かべていた。この人の母親なのだから、かなりの高齢であることは間違いない。本だけに興味を持っていたわけではなかったようだ。

「真里おばあさまは、久我山書房の仕事をお手伝いされていたんですか？」

「まさかまさか。なんにもしてないわ」

栞子さんの質問に、久我山鶴代は激しく首を振って否定した。

「古書が好きで好きで仕方がないけれど、お嬢さん育ちで商売のことが全然分からない人だったもの。たまに父が取り引きする場に立ち会っていたぐらい。それも、見たい稀覯本がある時だけ」

年配の女性で古書マニアというのは意外と珍しい。この一年近く、栞子さんとよく宅買いに行っているが、ほとんど出会ったことがなかった。

「父は娘のわたしに仕事を手伝って欲しがっていたけれど、母と同じで売り買いのセンスがまったくないの……父は無念だったんじゃないかしら。血の繋がった後継者をとても欲しがっていたから。たぶん寛子もそういうのは全然ダメね。みんな父よりも本が大好きなのに、誰も久我山書房を継げないなんて、不思議なものだわ」

なにげない話だったが、なぜかぞっと鳥肌が立った。俺の耳には久我山尚大が完璧な後継者を作るために、古書マニアの女性を選んで結婚したように聞こえる――もちろん、考えすぎだと思うが。

突然、耳慣れない着信音が鳴り響いた。久我山鶴代が携帯をポケットから出した。

「あら、母だわ。かけ直してくれたのね……ちょっと待って。わたしが訊くから」

奥の棚の方へ歩いていき、大きな声で話し始める。何度も同じ言葉を繰り返しているところを見ると、あの女性は少し耳が遠いようだ。しばらくすると、携帯をポケットに入れながらカウンターに戻ってきた。

「当時、稀覯本の在庫はうちに保管されていたけれど、その『晩年』を見た記憶はないそうよ。父からなにも話を聞いていないみたい」

俺たちはがっくりと肩を落とした。まあ、古書店の仕事を手伝っていなかったのだから、在庫を把握していないのは当たり前だ。

「でも、虚貝堂の杉尾さんなら、ひょっとしたら知っているかもしれないと言ってたわよ。父が亡くなった時に、久我山書房の在庫を全部買い取って、処理してくれたのは虚貝堂さんで、二代目の息子さんも一緒にうちに来ていたそうなの。

父の書き付けとか顧客リストもまとめて処分してもらったから、その中に『晩年』

を売った先の情報があったかもしれないって……」

栞子さんの顔が少し明るくなった。可能性は低いと思うが、杉尾ならなにか憶えている望みはある。いずれにしても、この線を辿っていく以外にない。

「ありがとうございます」

と、久我山鶴代に深々と頭を下げた。

「真里おばあさまに、わたしがお礼を申し上げていたと伝えて下さい……近々また伺いますね」

4

長い一日が終わって、ビブリア古書堂を出た時にはもう午後九時を回っていた。スクーターで走り出した時、突然まだ夕食を取っていないことに気付いた。メニューを考える気力もなかったので、一番近くにあるファミレスに入った。

美味《うま》くも不味《まず》くもないディナーセットを食べ終わり、やっと一息ついたところでスマホが鳴った。知らない番号から電話がかかってきている。俺は荷物をつかんで立ち上がりつつ、通話ボタンを押した。

『……五浦くんか？　ぼくだよ。田中だけど』

田中敏雄からだった。反射的に身構えてしまう。一応、携帯の番号は知らせてあったが、向こうからかけてきたのは初めてだった。

「どうかしたのか？」

『本の在庫、どうなったのかと思って。さっきはまだ店にいたんだろう』

なんだそれか、と拍子抜けした。そういえば確認を頼まれていた。

「手が空いたら見るつもりだったけど……急ぎだったのか？」

『まあね。判決が出るのもそう遠くないからさ。今のうちに、読みたい本を手に入れておきたいんだよ。刑務所に入ると、本は自由に読めなくなるから』

淡々とした物言いがかえって胸に響いた。坂口夫妻の『論理学入門』の件で俺も知ったことだが、受刑者が自分の本を持ちこむには許可が要る。自業自得《じごうじとく》だとしても、本の好きな人間には厳しいだろう。

「分かった。明日にでも探しておく」

『ありがとう……それで、祖父の『晩年』の件、どうなった？』

一瞬、事情を伏せていることに気が咎めた。この男は俺たちの報告を真剣に待っている。もちろん、明かすわけにいかないことも分かっているが。

「あちこちに聞いて回ってるけど、誰が持っているのか、突き止めるところまでは行ってない。はっきりしたらそれも連絡する」

『……そうか』

田中の声は沈んでいた。それでも、俺が励ますのは色々な意味でおかしい。なにも言えずに、微妙な沈黙が流れた。

『そういえば気になっていたんだけど、君は篠川栞子と付き合ってるの？』

「はあ？」

ファミレスの玄関で大声を出してしまった。席が空くのを待っていた親子連れが、不思議そうに顔を上げる。気まずさを隠そうと、ショルダーバッグを背負い直すふりをする。

「なんでそんなこと訊くんだよ」

『ぼくだって他人の恋愛に興味ぐらい持つさ。しばらく、誰ともそんな話をしてないんだ……その反応だと、やっぱり付き合ってるんだね』

からかうような口調だった。まあ、認めたところで問題はないだろう。

「……そうだけど」

『だと思った……君は今、外にいるの？』

質問したわりにはあっさり話題を切り替える。結論を聞いただけで満足したのかもしれない。これ以上詮索されるのもごめんだが。

「メシ食ってた。もうすぐ帰るところだよ」

『なるほど……邪魔して悪かったね。それじゃ、また今度』

唐突に通話は終わった。

（なんだったんだ、一体）

スマホを見下ろしながら考えこんだ。正直、メールでも十分な用事だったと思う。気まぐれでかけてきただけかもしれないが、なんとなく違和感が消えなかった。


自宅に戻った俺は、引き戸の鍵を開けてスクーターを土間に入れる。土間というには広すぎる空間だが、もともとは食堂だったのだから当たり前だ。祖母が亡くなった後はただの物置にしかなっていない。テーブルと椅子のほとんどは処分されたものの、カウンターや厨房《ちゅうぼう》の設備は埃をかぶったまま残されている。

母親はリフォームしようと口癖のように言っているが、まだ実行には移していなかった。腐っても食堂で生まれ育った食堂の娘だ。そう簡単には踏み切れないのかもしれない。反対するわけではないが、俺も複雑な気持ちだった。

母親は出張に行ってしまったので、今日この家にいるのは俺だけだ。五浦家は俺と母親の二人家族だった。

引き戸にきちんと鍵をかけた後、俺はカウンターの上の照明だけを点けた。隅から椅子を引っ張ってきて、カウンターの前に腰を下ろす。それから、昔とはまったく変わってしまった食堂の中を見回した。

五十年ほど前、ここにロマネスクの会の人々と、それに俺の祖母がいたのだ。大勢の人たちがいなくなってしまったが、彼らの遺していった古書は今も残っている。持ち主が変わったとしても。

俺はショルダーバッグを下ろした。ここ最近、ずっと肌身離さず持ち歩いている。それには理由があった。

中からタブレット用のインナーバッグを取り出してカウンターに置く。別にこれでなくてもよかったのだが、大きさがぴったりだし目立たない。インナーバッグを開くと、中から一冊の古書が出てきた――太宰治『晩年』。砂子屋書房版。ビニールでしっかり梱包《こんぽう》されている。「自信モテ生キヨ　生キトシ生クルモノ　スベテ　コレ　罪ノ子ナレバ」と太宰の直筆で書かれている、アンカットの署名本だ。本来は栞子さんが持っている一冊だった。

ビブリア古書堂にあの手紙が投げこまれて以来、ずっと俺がこの本を預かっている。足の悪い自分には守り切れないからと彼女が俺に託したのだ。最初は銀行の貸金庫など、他の方法を使うことも考えたが、結局この形に落ち着いた。自分の目につくところに置いておきたかったし、俺みたいな人間が数百万円の稀覯本を持ち歩いているのは逆に盲点になると思った。

ずっと持ち歩いていることは栞子さんにも告げていない。秘密を知っている人間は少ない方がいいからだ。今日も『晩年』に異状はなにもない。俺は古書を元のように二重のバッグに仕舞いこんだ。

こうして託されたのだから、きちんとこの本を守りきるつもりだった。いつまでなのかは見当もつかないが。

「早く終わらせてえな……」

つい愚痴をこぼしてしまった。もう少し栞子さんとのんびり過ごしたい。先月の終わりに付き合い始めてから、ほとんど恋人らしいことをしていない。この前、こっそりキスしたぐらいだ。あれはあれで良かったけれども――。

(本当に今月まで知らなかったわ)

ふと、さっき耳にした久我山鶴代の言葉が頭をよぎる。俺は首をかしげた。他の人たちの話も思い出しつつ、指を立てたり折ったりする。

（……変だな）

理由は分からないが、矛盾している気がする。栞子さんは気がついたんだろうか。確認してみようとスマホを手に取った時、彼女の方からかかってきた。用事が用事とはいえ、こういう偶然は嬉しい。

「はい」

『あ、大輔くん』

声から動揺が伝わってきて、俺は姿勢を正した。なにかあったようだ。

「どうかしたんですか？」

『今、虚貝堂の杉尾さんと電話でお話ししたんですけど……例の『晩年』の件、ご存じありませんでした。久我山尚大さんが亡くなった後、あのお宅から買い取ったものの中に、『晩年』の取り引きを窺わせるものはなかったそうです。もちろん『晩年』そのものも含まれていなかった、とおっしゃっていました……』

がっかりはしたが、すぐに気を取り直した。まだ話に続きがあるようだ。

『その頃、わたしの祖父がたまたま虚貝堂に行く用事があって、久我山さんから買い取った古書の山を見たそうです。どうも、首をかしげていたらしくて』

「なにかあったんですか？」

そういえば、篠川聖司はすぐ近所に住んでいて、かつての店員だったというのに、久我山書房の後始末には呼ばれていない。久我山尚大との微妙な関係が窺える。

『久我山尚大には読書の趣味はなくても、所有欲がなかったわけではない……ほんの何冊かだけ、とっておきの古書を持っていたはずだ、とその時祖父ははっきり言ったそうなんです』

「とっておきって……どういう古書ですか？」

『本物の稀覯本で、なおかつ久我山さんになんらかの関わりのあるもの、だったみたいです』

俺は息を呑んだ。

(個人的な思い入れとか、因縁があるならともかく、父は自分の本を持つということがほとんどなかったから)

久我山鶴代の言葉が蘇る。逆に言えば、個人的な思い入れや因縁があるものなら、手元に置いていたということだ。

『自分の家のどこかにある鍵の付いた棚に仕舞いこんで、本当に心を許した人間にしか見せなかったとか。祖父も直接見たことはなかったようですが、虚貝堂さんが買い取った古書の中にはそれらしいものが見当たらなかった……ということなんです』

だとしたら、考えられることは二つだ。生前に処分されてしまったか、処分されないままあの家に残されたか。

『それで思い出したんですが……富沢先生のお話に出てきた、太宰の自家用『晩年』について、久我山さんがしたという説明は少し不自然でした』

「不自然？」

そのまま繰り返してしまう。全然気が付かなかった。

『ええ。太宰が自分の持っている『晩年』を売った昭和十年代前半、初版でもこの本にはほとんど古書価がついてませんでした。太宰は電車賃に困って、一円で自家用本を売ったんです。その直後に太宰の知人が二円で買っていったという証言が残っています』

「一円って……そんなに高くないですよね」

『今の貨幣価値で二、三千円というところでしょうか。ちなみに元々の定価は二円でした』

唖然としてしまった。半額で買い取られてるじゃないか。稀覯本でもなんでもない。

『いくら作家本人が売りにきた珍本とはいえ、ここまで安値で取引された……雑本に近い古書の噂が、他の店にまで広まるのはちょっと不自然です。それにもう一つ』

いつもとは別人のように、栞子さんは滔々《とうとう》と語り続ける。電話の向こうで人差し指を立てているのが見えるようだった。

『その『晩年』の特徴について、久我山さんは非常に詳しく知っていましたが、働き始めたばかりの頃に他店の店員から聞いた、というのが理由でした。以前太宰がこの本を売りにきた時のことを伝え聞いたと』

「……それも不自然なんですか？」

と、俺は尋ねた。

『不自然です。わたしの聞いた話では、久我山さんが神保町で働き始めたのは、昭和恐慌の頃……昭和五、六年ということになります。『晩年』の刊行は昭和十一年。太宰が自家用本を売ったのはそれ以降ですから、久我山さんは当時すでに神保町で働いていたはずなんです』

昭和恐慌の頃だったというのは以前も聞いた。確かにそれはおかしい。就職していない俺が言うのもなんだが、自分の就職した年をそこまで豪快に間違える人間はいないだろう。

「でも、なんでそんな嘘をついたんです？」

『これはわたしの推測ですが……自分とその『晩年』の関わりを、知られたくなかったのではないかと思います。そもそも太宰本人から自家用本を一円で買い取り、二円で売った古書店員が、久我山さんだったんじゃないでしょうか。だから、本の状態を異常なほど詳しく知っていたんです』

「あ……なるほど」

それなら筋は通る。昔自分が一円で買い取り、二円で売ってしまった『晩年』が回り回って目の前に現れた。安く売ったことをきっと後悔し、恥じてもいただろう。手段を選ばない人間なら、もう一度手に入れようとこっそり画策しても不思議はない。そして自分のものにした後は――もう、他人に売りたくなくなるんじゃないのか。

「じゃあ、久我山尚大は太宰の自家用『晩年』を、自分の蔵書として持っていたってことですか？」

『その可能性があるとわたしは考えています。そして、久我山さんが亡くなった後も、太宰自家用の『晩年』は出てこなかったということは……』

つまりまだ久我山家にあるかもしれないのだ。しかし、あの家の人たちはそんな古書など知らないかのように振る舞っている。

本当に知らないのか――さもなければ、誰かが隠しているということだ。

5

「あの……さっきの鶴代さんの話ですけど」

今度は俺が話を切り出す番だった。

『鶴代おばさま？』

栞子さんが不思議そうに聞き返してくる。先を話していいものか、少しだけ迷った。この人にとっては、長年の付き合いのある父親の友人だ。これから俺が話そうとしているのは、その父親の友人に対する疑念だ。

でも、万が一この人が気付いていなかったら、指摘せずに放っておくわけにはいかない。久我山家の人間が隠しごとをしている可能性が出てきたからには。

俺は覚悟を決めた。

「鶴代さんはさっき『今月まで知らなかった』って言ってましたよね。栞子さんにその……恋人ができたって」

『ええ……そうでしたね』

「その話、ちょっとおかしくないですか」

栞子さんは黙ったままだ。顔が見えないので反応も分からない。とにかく最後まで話すしかなかった。

「今月の初め、俺は文香ちゃんに俺たちのことであまり騒がないで欲しいって頼みました。そうしたら、その後は本当に黙っていてくれて……今月、店番の最中は誰にも喋ってないんです。話したとしたら先月、鶴代さんがブルーベリーを持ってきた時のはずです。でも、鶴代さんは『先月』と言わないで『今月』ってはっきり言ってました。勘違いにしてはおかしいと思ったんです」

我ながらささいな矛盾だと思った。しかし、久我山尚大のついていた嘘のように、なにか深い意味があるかもしれない。田中嘉雄が売った『晩年』の存在を隠しているのは、彼女という可能性だってなくはない。

『そのことは、実はわたしも変だなと思っていたんです』

栞子さんが落ち着いた声で言った。やっぱり気がついていたのか。

「……どう思いますか？」

『鶴代おばさまは、勘違いしていたわけではありません……さっき、文《あや》ちゃんに確認しました』

俺はスマホを握りしめて話の続きを待った。勘違いでないならなんだろう。なにかの理由でわざと言ったのか？

『あ、そういえば、文ちゃんがお礼言ってました。大輔くん、店でなにか変わったことがなかったか、わざわざ確認してくれてたんですね……ありがとう。わたしも、嬉しい』

いきなり照れながら礼を言われた。話が完全に逸れている。俺も嬉しかったが、その前に篠川文香に確認したらどうだったのか聞きたい。

かすかだが叩きつけるような水音がして、俺は背後を振り返る。聞こえたのは食堂の奥の方からだった。今、この建物の中には俺以外誰もいないはずだ。

ごくりと唾を呑みこむ。一応、確認した方がよさそうだ。

「すいません、五分後にかけ直します」

と言って通話を切る。椅子から立ち上がり、すり足で奥へと進んだ。万が一に備えて、適度に全身の力を抜いて周囲を警戒する。急に集団に襲いかかられでもしない限り、それなりに対応できるだけの心得《こころえ》はあるつもりだ。

カウンターの裏へ回り、奥のスペースに入って明かりを点ける。そこには誰の姿もなかった。以前は洗い場兼物置だったが、今は食器洗い用の大きな流しと、掃除用のロッカーがあるだけだった。

「……なんだ」

俺はほっと息をついた。流しの蛇口からぽたぽた水が滴り落ちている。たぶん締まりが悪くなっていて、なにかの拍子で一気に水が流れ出たのだろう。俺は力をこめてハンドルを回し、完全に水を止めた。もしひどくなるようなら業者を呼べばいい。

そよりと前髪が動き、俺は顔を上げた。流しの上には曇りガラスの窓がある。隣の建物の壁がすぐ目の前にあるので、日中でもほとんど光は入らない。一応、防犯のためにアルミ製の格子が嵌《は》まっているのだが。

（ん？）

なぜかガラスの向こうに格子が見当たらない。目を近づけると錠の周辺のガラスが、小さく三角に切り取られていた。すきま風がそこから入ってきている。

びしりと背筋がこわばった。この建物に何者かが侵入したのだ。格子を取り外して、窓を破った。問題は今、その侵入者がどこにいるのか――。

しまった、と俺は思った。これは罠だ。おびき寄せられた。振り向こうとした時、ロッカーから黒い人影が飛び出してきて、短い棒のようなもので突いてきた。ガードした腕にばちっと火花が弾け、上半身に激痛が走った。

（あ……）

棒立ちになったところに、棒の先端が首筋にも押しつけられる。次の瞬間、俺は声も上げずにコンクリートの床に崩れ落ちた。無数の太い針が全身に突き刺さるようだった。まったく手足は動かなかったが、意識だけは失わなかった。

男物のスニーカーが視界に入った。どうにか目だけを動かして、そいつの全身を見上げる。この前会った時よりも少し髪は伸びていた。闇にまぎれそうな濃いグリーンのパーカーと黒いパンツを身に着け、手には棒状のスタンガンを持っている。人懐っこい笑顔とのギャップが薄気味悪かった。

「君相手だから、ちゃんと準備したんだよ……本当に丈夫な人だな。気絶ぐらいするかと思ったけど」

田中敏雄は感心したように言った。

太い結束バンドで俺の手足を縛り上げると、田中は襟首をつかんで食堂の方へ引きずっていった。俺の頭はパニックに陥っていた。どうしてこの男が突然こんなことを。俺たちへの依頼はなんだったのか。最初からこうやって襲うつもりだったのか。これからなにを始めるつもりなのか。

俺は食堂の壁際に荷物のように放り投げられる。肩と背中の痛みでようやく我に返った。武道の経験はなくても、この男は長身で力も強い。片手にはスタンガンを握ったままだ。体の自由が利かないこの状況で抵抗は不可能だろう。まずは様子を見るしかない。俺は壁に寄りかかるように上体を起こし、少し離れて立つ田中を見上げた。

「……さっき、電話してきた時」

俺は乾ききった口を開く。スタンガンを使われたせいなのか、恐怖のせいなのか、語尾が震えていた。

「もうお前はこの家の中にいた……俺がいつ帰ってくるか、確認したんだな」

「そうだよ。二階で家捜《やさが》ししている最中だった」

田中はあっさり認めた。後悔の念が湧き上がってくる。こんな男に少しでも共感し、油断した俺は心底馬鹿だった。いつなにが起こってもおかしくなかったのに。

「一体、なにを捜してたんだ？」

「嫌だな、分かってるくせに……『晩年』だよ。あの女が燃やしたふりをしたアンカットだ。時間の無駄だから、しらを切るのはやめて欲しいな」

ぎゅっと心臓をつかまれた気分だった。やっぱりバレていた。

「いつから知ってた？」

「保釈された後だよ。一年前、君たちがぼくを騙し、今もまた騙そうとしていると、親切に教えてくれた人がいてね」

「……え」

俺は間の抜けた声を洩らした。

「保釈の後って……じゃ、ビブリア古書堂に手紙を投げこんだ奴と、グルだったんじゃないのか？」

「手紙？　なんの話？」

訝《いぶか》しげに聞き返してくる。俺は混乱する頭を必死に整理した。この期《ご》に及んでとぼける必要はない。本当に知らないのだ。ということは、あの手紙の差出人は田中敏雄と無関係だった——いや、たぶん今は関係がある。その人物がこの男に情報を与えたのだろう。

「そんな貴重な本が……俺のところにあるわけないだろ」

「あるさ。あの女から君が『晩年』を預かっていることも知っている」

そんな情報までこの男に洩れているのか。確かにそのことも栞子さんと店で話したが——いや、落ち着け、と自分に言い聞かせる。

この男が家捜ししたのは、どこにあるのか知らないからだ。俺のショルダーバッグはカウンターに置かれたまま、手を付けられていない。カウンターの上は洗い場からはよく見えない位置にある。さっき俺が『晩年』を取り出したのは、気付かれていないかもしれない。

「お前が捜しているのは、おじいさんが持っていた『晩年』だろ。栞子さんが持ってるアンカットとは別物じゃねえか」

「そう、たぶん別物だ。でも、どちらもこの世にあることが分かった以上は……」

切れ長の目が細くなり、鋭い光を帯びる。去年、病院の屋上で対峙《たいじ》した時のことを思い出した。あの時のような目つきだった。

「二冊とも手に入れる。それだけのことだ」

俺は言葉を失った。この男はやっぱり普通じゃない。そこへ、カウンターの上に置かれていた俺のスマホが鳴った。きっと栞子さんだ。五分後にかけ直すと言ったきりで、心配しているに違いない。田中はちらっと画面を見て、誰からの着信かを確認した。

「あの女か……あまり、ゆっくりもしてられないな」

この状況が続けば、彼女は異変を察してなにか手を打ってくれるだろう。だったら、俺がやるべきなのはなるべくこの会話を引き延ばすことだ。

「どうやって二冊手に入れるんだよ。もし栞子さんの『晩年』を手に入れたって、もう一冊がどこにあるのか、お前には分からないだろ」

「もう一冊のことはこれから詳しく分かるさ……それより、君たちはぼくに謝ることがあるんじゃないのか？　祖父の『晩年』のゆくえを突き止めても、ぼくに教えるつもりはなかったんだろう。今の持ち主に警告するだけで」

　こちらの情報はこの男に――というか、この男に情報を与えている人間に、ほとんど筒抜けになっているようだ。田中はパーカーのポケットから、真新しいスマホを取り出した。保釈されてから買ったのだろう。その画面を俺に見せる。どこで撮られたのか、背景のまったく分からない粗い画像だった。

　俺は目を剝いた。写っているのは本の見返しの一部だ。細い字で隅の方に「自●用」と書かれている。「●」の左には「家」という字が添えられていた。

　太宰の自殺用――自家用『晩年』の現物に違いない。

「こんなもの、どこから……」

「もちろん、今の持ち主だよ。あちらは篠川栞子の持っている『晩年』が欲しいんだそうだ。君から『晩年』を手に入れたら、会って互いに交換することになっている」

「交換？　二冊とも手に入れるってたった今お前が……」

　いや、違う。この男は交換に応じたふりをしただけだ。栞子さんの『晩年』を奪い、それを餌にその相手と会ってもう一冊も奪うつもりでいる。

「お前、また去年と同じことをやるのか……栞子さんを突き落としたみたいに」

「もうあそこまではやらないさ。こちらも後味が悪いからね。もっとスマートにやるつもりだよ」

「他人のものを盗んで、スマートもなにもねえだろ……」

ふと、俺は思った。この男に情報を与え、交渉を持ちかけてきた相手も、同じことを考えているんじゃないだろうか。自分の持っている『晩年』を餌に、他人のものを奪おうとしている——田中の同類と言っていい人物なのではないのか。

（……誰なんだろう）

真っ先に頭に浮かんだのは久我山鶴代だった。太宰の自家用『晩年』を持っている可能性があり、俺たちについて詳しい情報を手に入れられる人間は限られる。ささいだが発言にもおかしいところがあった。異常な所有欲を持つ人間には見えなかったが、それはこの田中敏雄だって一緒だ。

「君相手だとつい長話になっていけない。さて、そろそろ君の隠している『晩年』を貰っていこうか」

田中の言葉に、俺は我に返った。動揺を押し隠しつつ、相手を睨み返す。

「……確かに俺が預かってる。でも、お前が手を出せない場所に隠してある。うちを漁っても無駄だ」

「いや、嘘だね」

楽しげに田中は言い切った。

「どういうわけか、君の考えそうなことは分かるんだ。そこそこ程度に頭が良く、責任感もある。それに、無意識のうちに肉体的な強さを恃《たの》みにしている……大事なことは自分で抱えこもうとするんだ。自分の手の届くところに置こうとするはずだ。その方が君は安心できる」

冷や汗がどっと噴き出した。頭の良さだの肉体の強さだのは別にしても、不気味なほど心当たりがある。家族にもここまで分析されたことはない。

「特に恋人のことになれば、ますますその傾向が強くなる。それが君の欠点だ。結局は冷静な判断ができずに、墓穴を掘るというわけさ」

田中はカウンターの上にあるショルダーバッグをつかんで中を開き、迷うことなくインナーバッグを取り出した。

（やられた）

俺は歯軋《はぎし》りした。さっきの電話で、栞子さんと付き合っているかを確認したのはこのためだ。あの時から疑われていたのだろう。

「やっぱり、ここか」

インナーバッグの中を覗きこんだ田中は目を輝かせ、俺に満面の笑みを向けた。

「まあ、落ちこまないことだよ。ぼくも君の立場だったら、同じことを考えたかもしれない。数百万円の稀覯本を持ち歩いているとは誰も思わないだろう、なんてね……それこそ銀行の貸金庫にでも入れていれば、ぼくだってお手上げだったのに」

上機嫌で梱包のビニールを破り、古書のページを開いてじっくり確認する。やがて満足げにうなずいて自分の用意してきたビニール袋に入れた。

「今回は正真正銘の本物だ……正直、それだけが心配だったんだ。ひょっとして、あの女は君にも偽物をつかませるかもしれないって。よかったな、五浦くん。本当に君は愛されてるよ。おめでとう！」

こらえきれなくなったように、田中は声を上げて笑い始めた。縛られた状態のまま、俺は血がにじむほど強く両手を握りしめる。腸《はらわた》が煮えくりかえるようだった。栞子さんは信じて自分の大事なものを託してくれたのに、俺の間抜けな判断ミスで奪われようとしている。

「悪いけど、今度は気絶してもらう。すぐに助けを呼ばれると困るからね……命には、別状がないようにするよ」

田中は重そうなスタンガンを振った。俺は必死に考えを巡らせる。手足は動かない。大声を出しても無駄だ。なにかないのか。こいつに『晩年』を奪われずに済む方法は——。

「嘘に聞こえるかもしれないけれど、君と話ができて本当に楽しかったよ。ここも妙に落ち着く場所だ。居心地がいい……食堂だったと言っていたね。営業している頃に、一度来たかったな」

陽気に話しかけながら、田中はじりじりと距離を詰めてくる。こちらは縛られているというのに、慎重で隙のない動きだった。突然、無造作にスタンガンの先端を俺に突き出してくる。

凶暴な青い火花が、俺の視界いっぱいに広がった。

6

厚い雲に星が隠れて、湿った風が吹き始めていた。

田中敏雄は山の中腹から、明かりの点いた北鎌倉の家々を眺めている。彼の立つ小道のまわりには笹《ささ》の混じった雑木が生い茂り、足下には急な石段がはるか下まで続いていた。石段の左右は満開の紫陽花で彩られている。人に見せるために植えられた花が、人のいない場所で咲いている。死人の通り道のようだった。

一年前、篠川栞子を突き落とした場所だった。

ここへ来てから初めて、田中敏雄は腕時計を確認する。待ち合わせの時刻は少し過ぎているようだ。背負っているメッセンジャーバッグには、七十年以上前に刊行された一冊の本が入っている。まだ名前も知らない誰かが、別の持ち主の手を経《へ》た同じ本を持って、ここへ現れることになっている。

細い路地の奥から、足音が近づいてきた。続いて人影が姿を見せる。色あせたジーンズの上に青いレインコートを羽織っていた。フードをかぶっているので、顔はよく見えない。着ているものや背の高さから、女であることは分かった。

石段の手前、田中とは数歩の距離を置いて立ち止まる。

「……田中敏雄さん」

女の方からくぐもった声をかけた。相手の顔を間近で見て、彼ははっと目を瞠った。

「……去年、会ったことがあるね。このあたりで」

その言葉に彼女は反応を示さなかった。

「本は持ってきたの？」

「もちろん。君の方も、持ってきたんだろうな」

「ええ……まず、そちらから見せて」

田中敏雄はバッグから『晩年』という書名の本を取り出すと、見返しを彼女に晒した。「自信モテ生キヨ　生キトシ生クルモノ　スベテ　コレ　罪ノ子ナレバ」。篠川栞子が大事にしてきた本物の初版本だった。

「次はそちらの番だ」

女はレインコートの下から、茶色のハトロン紙に包まれたものを取り出した。田中が見せた『晩年』と同じぐらいの大きさだった。

「……これよ」

「中も確認させて欲しい」

「分かってるわ」

そう言って、彼女は相手の足下に包みを放り投げた。ばさり、という音が闇の中に響く。田中が反射的に下を向くのと同時に、女が前へ足を踏み出した。レインコートの下の背中に手を入れ、黒い棒のようなものを引き抜いた。その先端を田中敏雄の腿《もも》に押し当てる。暗がりの中でばちりと青い火花が閃《ひらめ》いた。

「あっ！」

悲鳴を上げて男が跪《ひざまず》いたが、『晩年』を抱えこんだまま離そうとはしなかった。女は屈みこんでそれに手をかける。やはり、相手も本を奪うつもりだったのだ。もう一刻の猶予もない。

彼らの様子を見守っていた俺は、太い幹のかげから飛び出した。

「待て！」

棒立ちになった女に駆け寄り、まだ握りしめていた黒い棒をもぎ取った。俺は顔をしかめる。田中が使っていたものとそっくりのスタンガンだった。

「市販されている中で、それが一番強力なんだ」

田中が喘《あえ》ぎながら説明する。強力なことぐらいよく知っている。さっき味わわされたばかりだ。まだあちこちの関節が痛むし、体もいつも通り動かない。

「もう少し早く助けたらどうなんだ」

田中は不満をぶつけてくる。それならこっちにも言い分があった。

「お前にやられたことのせいで、体の調子が悪いんだよ……反応ぐらい遅れる」

俺——五浦大輔は言い返した。

「どうして、あなたがここに来ているの？　本を奪われたはずでしょう」

驚いたように女が尋ねる。俺はやっと相手の顔を確認した。

やっぱり、この人だったのか。太宰の自家用『晩年』の持ち主で、田中敏雄に情報を与えていた女性。今回の件は、彼女の画策で始まったことだった。

「……俺の他にも、ここにいますよ」

俺の隠れていた木の後ろから、杖を突いた女性が姿を現した。背中まで伸びた長い黒髪が、六月の風になびいている。闇にまぎれるように、濃紺のブラウスとスカートを着た彼女も美しかった。

「やっぱり、あなただったんですね」

と、栞子さんは言った。女は観念したように自分のフードを取った。長い黒髪をヘアクリップで留めている。不釣り合いなほど大きな目が、じっと地面を見つめていた。

「久我山寛子さん」

久我山家で出会った、大学生の娘だった。

その一時間ほど前――。

俺はごうら食堂の床でのたうち回っていた。人間は意外にスタンガンで気絶しないものらしい。かえって激痛で意識ははっきりしていた。俺は震えながら上体を起こし、さっきと同じ姿勢で田中を下から睨《ね》めつける。

「……困ったな」

田中敏雄は舌打ちをして、スタンガンの電源を切った。そして、棒状のそれを何度か素振りする。殴って気絶させることにしたようだ。しかし、その動作には迷いが感じられた。

さっきも栞子さんを突き落としたことについて「後味が悪い」と言っていた。これだけのことをしているわりに、他人に深刻な怪我を負わせたくないのかもしれない。この状況が続くなら、まだ望みはある。

「……お前、保釈中だろ。本を盗んで逃げたりしたら、指名手配されるんじゃないのか」

「去年、計画していたことを実行するだけだよ。あの時も準備はしてあったんだ」

「去年？　なんの話を……」

思い出した。病院の屋上で栞子さんを追い詰めた時、この男は「顔を変えて他の土地でゆっくりやり直す」と言っていた。

「そんな簡単に行くかよ。絶対、追い回されるぞ」

「殺人犯ほど真剣に追われないさ。警察だってヒマじゃない」

「いや、俺が追う」

考えて言い返したわけではなかったが、口にした途端に動揺がきれいに消えていた。すべてが収まるべきところに収まった気分だった。田中は素振りをやめて、俺の顔を覗きこむ。

「なんだって？」

「万が一、警察が諦めても俺が必ずお前を捜し出す……お前はその『晩年』を大事に持っているはずだ。大事にされている古い本は、何年経っても、何十年経ってもこの世に残り続ける。どんなに時間がかかっても、栞子さんに返す」

一瞬、田中は呆気に取られた様子だった。それでも、すぐに例のからかうような表情に戻る。

「何十年って、それまで今みたいにあの女と付き合ってるつもりかい」

「いや、栞子さんとは結婚する」

俺は断言した。勢いも手伝っていたが、偽りのない本心だった――ただ、最初に告げた相手が本人ではなく、よりによってこの男だというのが残念で仕方がない。

「彼女の大事なものは、俺にとっても大事なものだ。二人であの店を続けながら、お前とその本を必ず捜し出す」

今度こそ田中の顔から笑みが消えた。得体の知れない生き物を眺めるような目つきになっている。

「ぼくがどんな手段でどこへ逃げるつもりなのか、君もあの女も知らないだろう……警察ならともかく、ただの素人になにができるんだ？」

「栞子さんの頭の出来は知ってるだろ？　それに、俺だっている」

「君になにができるんだ。体力勝負か？」

軽口を叩いたつもりのようだが、声が真剣味を帯びすぎていた。

「きっと俺にもお前の考えが分かるようになる。お前が俺の考えを読んで、その本を見つけたみたいに……俺たちにはそういう繫がりがあるんだ」

「馬鹿馬鹿しい。一体なにを根拠に……」

「俺は田中嘉雄の孫だ。お前とは従兄弟《いとこ》同士になる」

凍りつくような静寂が訪れた。これほど驚いた田中を見るのは初めてだった。口を利けるようになるまで、長い時間がかかった。

「まったく、なにを言い出すのかと思ったら……田中嘉雄の孫はぼく一人だ」

「独身時代、お前のおじいさんはこの食堂の常連で、俺の祖母、五浦絹子と付き合っていた……それで生まれたのが俺の母親だ。もう祖母は結婚してたから、認知もなにもしていない。最初から最後まで、人には言えない関係だった。でも、祖母の本棚には田中嘉雄から贈られた本が残っていた。疑うなら二階を見てくればいい。今は俺の部屋にある」

新書版の『漱石全集』――『第八巻　それから』だ。俺がビブリア古書堂で働くきっかけになった古書。

「ありえない……そんな話、祖父から聞いたこともない」

無理もない。そういう反応が普通だろう。しかし、俺は諦めるわけにいかなかった。これで説得できなければ、田中は『晩年』を持って立ち去ってしまう。できることは全部やらなければならない。必死に考えを巡らせているうちに――ふと、頭の中に光がともった。

「お前のおじいさんは『漱石全集』を最後まで大事にしてなかったか？　岩波書店の新書版で、八巻の『それから』だけが欠けてる」

相手の顔に驚愕の色が浮かんだ。確信はなかったが、当たっていたらしい。

「……どうして、君がそれを知ってるんだ」

「俺の祖母は漱石が好きだった。さっき言った贈られた本っていうのは、漱石全集の八巻の『それから』だ。欠けてた本は、この家にずっとあったんだ」

以前、栞子さんが言っていたとおり、あの新書版の全集に古書価はほとんどつかない。欠けがあるならなおさらだ。金にならないものなら、思い出の品を捨てる理由はないだろう。持っていたところで、関係が分かってしまうおそれもないものだ。

田中敏雄の体からふっと力が抜けた。遠い過去を見通すように、ゆっくりと食堂の中に視線を泳がせている。

「漱石は祖父の趣味じゃないのに、おかしいと思っていたんだ……」

と、低い声でつぶやいた。

「だから、あんなに大事にしていたのか……そうか、そういうことか……」

自分で指摘したくせに、俺の方もほっとしていた。田中嘉雄にとって、五浦絹子は二度と思い出したくもない相手ではなかった。その関係が原因で脅された後も、大切な記憶になっていたのだ。

「お前に、提案がある」

俺は声を強く張った。ここからが本番だ。

「……提案？」

「俺たちに協力してくれ。お前が取り引きしようとしてる、太宰自家用の『晩年』の持ち主を捕まえたい……その見返りに、その『晩年』二冊を、いつか両方ともお前のものにしてやる」

明らかに田中は興味をそそられた様子だった。しかし、簡単に飛びつくほど甘い相手でもない。目には警戒心を漂わせていた。

「どんな方法で、ぼくのものにするんだ？」

「お前の取り引き相手は、たぶん栞子さんの知っている人だ。蔵書を手放すことになったら、栞子さんにはすぐ分かる。田中嘉雄が持っていた『晩年』は、必ず俺たちが合法的に買い取って、お前に売ってやる」

「なんの保証もない話だな……ここにある篠川栞子の『晩年』はどうなる」

「お前より先に栞子さんが死んだら、お前にただでくれてやる。俺には必要のないものだ。必要なら念書でもなんでも書いてやる。俺のことを責任感がある人間って言ったのはお前だろ？　約束する。嘘はつかない」

「……提案なんて呼べる代物《しろもの》じゃないな」

呆れ顔で鼻を鳴らす。それは俺も自覚しているが、これ以上俺から提示できるものはない。さらに俺は話を続ける。

「お前が今日この家に不法侵入して、その『晩年』を奪い取ろうとしたことは警察に言わない。逆にお前が取り引き相手の計画に乗るふりをして、俺たちと一緒にそいつを捕まえてくれたことにする」

田中は黙ってしまった。口で言うほど反発はしていない。心を動かされているのは間違いなかった。

「満足いくような提案じゃないのは分かってる。でも、それが嫌なら、この場で俺を殺すか、栞子さん以上の重傷を負わせていけ……さもないと、さっきも言ったように、一生お前は俺に追われることになる」

語り終えた俺は、大きく肩で息をした。まだ痺れが手足に残っているようだった。もう伝えるべきことはすべて伝えた。

答えは返ってこない――やっぱり駄目だったか、と思いかけた時、田中は腹立たしげにスタンガンを床に放り投げた。

「ぼくは田中家の最後の生き残りだ。近い親戚はもういないと思っていた……この世に一人しかいない従弟《いとこ》を殴れない」

そして膝を突き、ポケットから出したツールナイフで、俺の手足を縛っていた結束バンドを切っていった。

「君の説得はとても狡《ずる》いね。君にとって大事なのは篠川栞子だ。彼女を守るためなら、ぼくにどんな嘘でもつくはずだ」

俺は自由になった手足を無言で動かす。なにも言い返せない。この男の言うとおりだった。結局、俺は田中敏雄の家族への深い感情と、他人を傷つけることへの恐怖を利用しているだけだ。

「でも、それはぼくも大して変わらない……手に入れたいもののためならなんでもやる。確かに親戚同士だよ、ぼくたちは」

顔を上げると、田中と同じ高さで目が合った。しばらくそうしているうちに、どちらともなく笑いがこみ上げてきた。

「お互い嘘がうまいから、行いだけでもよくしよう……そう思わないか？」

太宰の一節をもじって、田中が提案してきた。

「……そうだな」

と、俺はうなずいた。

7

高圧電流から立ち直った田中敏雄は、俺に『晩年』のアンカットを手渡した。

去年、この男を病院におびき寄せた時のように、偽装した復刻版を用意する余裕はなかった。だから、これは正真正銘の本物だ。俺はしっかりとインナーバッグに仕舞いこむ。

そうしている間も、久我山寛子からは目を離さなかった。久我山尚大が田中嘉雄から買い叩いた『晩年』をこの娘が引き継いで、栞子さんの『晩年』も狙っていた——正直、とてもそんな風には見えない。

「栞子さん、いつからわたしを疑ってたの？」

うつむいたまま彼女は尋ねる。

「この前、あなたの家で会った時から……寛子さん、わたしと大輔くんがお付き合いしていることを、『ビブリアで』『文香ちゃんから』聞いたって言ったでしょう……あれは、あなたのミスね」

返事はなかった。レインコートのポケットに手を入れて、石段の上にたたずんでいるだけだ。

「どういうことですか？」

俺が栞子さんに言った。どこで知ったのかを質問したのは俺だが、なにがミスなのかさっぱり分からない。

「文ちゃんに確認したら、先月鶴代おばさまと寛子さんがうちの店にいらした時、わたしたちのことをなにも話していなかったんです。今月に入ってからは、お二人ともうちの店に寄っていません……今日、鶴代おばさまがいらした以外は」

「え？」

俺は首をかしげる。それはそれで話がおかしい。

「だったら、鶴代さんも文香ちゃんから話を聞く機会がないじゃないですか。今月に入ってから、俺たちのことを知ったんですよね」

「鶴代おばさまは、寛子さんから聞いただけです……そうよね？」

久我山寛子は否定しなかった。種明かしをされるとびっくりするぐらい単純だった。確かに彼女は「ビブリアで知った」とは一言も口にしていない。さっきまで怪しいと思いこんでいた。悪いことをしてしまったと思う。

「寛子さんは大輔くんから質問されて、うっかり『ビブリアで』と答えてしまったんです。訂正もできないので、仕方なく『文香ちゃんから』と付け加えた……ビブリアで聞いたというのは事実です。でも、わたしたちは誰も寛子さんには話していませんでした」

「ちょっと待ってくれ」

　そこで口を挟んだのは田中だった。

「君の説明もおかしいよ。ビブリアの人間が誰も話していないなら、彼女は一体誰から聞いたんだ？」

　いい質問だというように栞子さんはうなずいた。田中がこの人と普通に会話していることに、どうしてもまだ慣れない。本来ならこんな風に顔を合わせないはずの、事件の被害者と加害者なのだが。

「もう挿《さ》しておく必要もないと思って、これを店から外してきました」

　彼女は肩に提げたトートバッグから、どこにでもあるような電源タップを取り出した。やっと外してくれたか、と俺は安堵《あんど》の息を洩らした。こいつのせいで働きにくくて仕方なかった。田中が首をかしげて覗きこむ。

「なんだい、これは」

「一見ただの電源タップですが……実は、高性能の盗聴器です」

　栞子さんは久我山寛子に鋭い視線を向けた。

「あなたは去年の事件で、わたしが『晩年』を燃やすことなく隠し持っている、という仮説を立てた……それで鶴代おばさまと店に来た時にこの盗聴器を仕込み、その後に田中さんの名を騙った手紙を投げこんだんでしょう。『お前の猿芝居を知っている、連絡しろ』という文面に、わたしたちがどう反応するかを確かめるために」

「……盗聴器にも、気がついてたんだ」

「最初は気がついていなかったわ。なにも考えずに大輔くんと店で話し合い、田中さんに接触してしまったもの」

ほとんど無邪気と言っていいぐらいの素直さで失敗を認める。隣で田中敏雄が渋い顔を作っていた。

「だからって、どうしてぼくの名前を騙るんだ」

「わたしたちがあの時点で最も恐れていたのは、田中さんに『晩年』が残っていることが露見することでした。わたしたちの反応を引き出すには適した名前です」

田中は無言で横を向いた。文句を言える筋合いではないのだが、この男は栞子さんの「猿芝居」にまだ腹を立てている。一方で彼女に重傷を負わせたことに後味の悪さも感じている。複雑な感情を抱いていたままなのだ。

「でも、何日か経って気付いたんです。もしわたしたちの反応を正確に知るには、盗聴器を仕掛けるぐらいしか方法がないって……それで、大輔くんが田中さんと会った日、店の中を捜し回ってこの盗聴器を見つけたんです」

俺が店に帰ってきた時、彼女はカウンターの上のメモを見るようにと言った――やるべき仕事の一覧表かと思ったら、裏には盗聴されている可能性と、今後についての具体的な指示が書きこまれていた。特に重要だったのは「盗聴器を取り外しませんので、自然にいつも通り過ごして下さい」と「しばらくメモを活用します。大事なことはそちらで伝え合いましょう」の二点だった。

その前日に俺との関係を妹に認めたのは、メモの使用を不審に思わせないための伏線だった——まあ、恥ずかしがっていたのは芝居ではなく本気だったようだが。俺も努力して「自然に過ごして」いたが、なにをどこまで口に出していいか分からずに困っていた。

「なんで盗聴器を外さなかったの？」

久我山寛子は栞子さんを見ずに尋ねる。

「情報をコントロールするためよ。盗聴に気付かれていないと信じさせれば、こちらが意図的に流した情報でも、聴いている人間は疑わないと思ったの」

栞子さんは言葉を切ると、夜の北鎌倉を眺めた。鬱蒼《うっそう》と枝を伸ばした雑木や家々の屋根に阻まれて、ここからビブリア古書堂の明かりは見えなかった。

「寛子さん、あなたの誤算は手紙に名前を出しただけの田中さんが、祖父の売ってしまった『晩年』を捜して欲しいとわたしたちに依頼したこと……その『晩年』はあなたの手元にあって、調査が進めばあなたに辿り着いてしまうから。

本当はわたしから預かった『晩年』を大輔くんがどこに隠したのか、じっくり時間をかけて探るつもりだった……でも、放っておけば自分の存在に気付かれてしまうと焦りを感じたんでしょう。田中さんを巻きこんで、こんな強引な手を打ってしまったんです」

俺は夜景を眺めている栞子さんの横顔を見つめた。その焦りを作り出したのはこの人でもある。さっき、久我山鶴代に突然すべてを打ち明けたのは、盗聴している人間の反応を引き出すためだった。

正直、俺たちの方も手詰まりになっていた。あの時点で久我山家に太宰の自家用『晩年』が残っている可能性を、この人もはっきり認識していなかったと思う。

栞子さんはおそろしく切れる人だが、決してすべてを見通しているわけではない。こんな複雑な事件ではなおさらそうだ。

「寛子さん」

彼女の声が愁《うれ》いを帯びる。

「どうして、こんなことをしたの？」

答えはなかった。質問はただ周囲の闇に溶けていった。

「わたし、あなたが幼かった頃から知っているわ。以前はよくうちに遊びに来て、わたしからよく本を借りていたでしょう。わたしたち、決して仲が悪くなかったはずよ。二人とも祖父が古書店を経営していて、育った環境も似ていると思う……どうして、こんなことをしたの？」

二度目の問いにも、沈黙を保っていた。その態度に俺は腹が立ってきた。ここにいる三人とも、今回の件ではさんざんこの娘に振り回されたのだ。

「久我山寛子さん、だったね。君には会ったことがある……以前に」

突然、口を開いたのは田中敏雄だった。えっ、と俺たちは声を上げた。栞子さんも知らなかったらしい。

「去年の今頃、場所もこのすぐ近くだ。ぼくはそこの『晩年』のアンカットを手に入れようと画策していた。ビブリア古書堂について住民に聞きこみをしようと、北鎌倉を歩き回っていたんだ」

自慢げに言うような話かと呆れかえった。そんなことまでやっていたのか。

「ちょうど君は犬の散歩をしていた。ぼくがビブリア古書堂について尋ねると、知っていると答えた。自分のうちも祖父が昔古書店をやっていて、ビブリアはそこの店員が始めた店だと……今でも繋がりがあって、店で困ったことがあると、自分のうちに古書を抱えて相談しに来る。自分も篠川栞子の相談に乗ることがあると話していたね」

かあっと久我山寛子の顔が赤くなった。かすかに肩を震わせている。そんなことしてたんですか、と俺は栞子さんに目だけで尋ねる。彼女は戸惑ったように首を横に振った——つまり、嘘ということか。なんでそんなことを言ったんだろう。

「だから、ぼくはここで待ち伏せたんだ。その家とやらに『晩年』を持って相談しに行くんじゃないかと思った……」

あまりのことに俺は愕然とした。栞子さんの顔からも血の気が引いている。

以前から不思議に思ってはいた。一年前、栞子さんは父親が生前に借りた本を返そうと久我山家へ向かっていた。傍目には荷物を抱えて家を出ただけだ。どうして田中は彼女が『晩年』のアンカットを持っていると誤解したのか。この娘が田中に言ったことが原因だったのだ。もしその発言がなかったら、栞子さんがここで突き落とされることはなかったかもしれない。

「あなたのこと、わたし知ってるよ。田中敏雄さん」

突然、久我山寛子は口を開く。冷笑を含んだ低い声だった。今までとは別人のようにふてぶてしく見えた。

「SNSの『神奈川の古書好きあつまれ』っていうコミュニティで、わたしもあなたとやりとりしたことあるよ。憶えてないかな。『ソノギ』ってニックネーム」

田中は首をかしげているが、俺は憶えていた。「葛原」というニックネームを使っていた田中と、「ソノギ」がやりとりしたログをついこの前見たばかりだ。あれはこの娘だったのか。

「古書について知りたくて出入りしてたけど、わたしには付いていけないことも多かったかな。よくあるけどね。付いていけないこと」

頬を引きつらせて、乾いた笑い声を立てる。彼女はその表情のまま、やっと栞子さんと目を合わせた。

「わたし、あなたと仲よくなかったよ」

「え……」

栞子さんは絶句した。傷ついたような表情を目にして、久我山寛子は突然勢いづいた。

「あなたの方がわたしよりも全然知識があって、頭の回転が速くて、美人だった……会うたびに思ってたよ。この人はわたしの欲しいものを全部持ってるって。栞子さん、わたしから本を借りたことないんだよ。貸したことはあってもね。全部あなたが先に持ってて、先に読んでるの。気がついてなかったでしょう？」

気がついてなかっただろうな、と俺は思った。自分の好きな本について語り続けることを無上の喜びにしている人だ――話を聞いている人間にどれぐらい知識があるか、よくも悪くもあまり関心を持っていない。

「好きなものがあって、もっと好きになりたいけど、どこから手を着けていいか分からない……もっとできる人には絶対追いつけないって気持ち、栞子さんには分からないでしょう。自分は口下手で不器用で、本のこと以外なにもできないって思いこんでたけど、わたしから見たら違うんだよ。栞子さんは自分を信じてる……駄目な自分も素直に認めてる。つい嘘をついて、自分を大きく見せたりしない……」

嘘というのは栞子さんの「相談に乗ることがある」と自慢するようなことだろう。自分を大きく見せたかったのだ。

「あなたはなんでも持ってる。自分の欠点ごと、ちゃんと好きになってくれる彼氏まで……自分がどれだけ勝ち組か、自覚してないだけ」

突然、自分に話が及んでぎくりとした。同時にやっと納得がいった。久我山家で会った時、別に俺を誉めたわけではなかった。好きになってくれる彼氏を作った栞子さんを羨んで、誉めただけだったのだ。

「でもね、去年ちょっとだけ分かった気がしたんだ。栞子さんだけじゃなく、心底古書が好きっていう人たちのこと……ここであなたが、田中さんに突き落とされてるのを見た時」

「見た……？」

栞子さんが喘ぐようにつぶやいた。右手に持った杖が震え始める。

「見たって、ただ見てたってことか？　なにもしないで？」

ついに我慢できなくなって、俺は久我山寛子を問い詰める。彼女は微笑んだまま、髪を留めていたヘアクリップを取り去った。ばさりと背中に広がった黒髪は、異様なほど栞子さんに似ていた。

「大学に行こうとして、たまたま居合わせただけ。止める余裕なんかなかったよ……救急車ぐらい呼ぼうと思ったけど、石段の下に住んでる人がもう呼んでたし」

「だからって……」

田中が突き落とした原因を作ったのも自分じゃないのか。なにより、この娘は栞子さんが怪我を負ったことに心を痛めている様子がまったくない。まるで嬉しいことが起こったように語っている。

「古書が好きな人たちって、こんなことするんだな、って思った……こんなに浅ましくて、ひどいことをするんだって。わたし、逆にほっとしたんだ。この人たちは知的でも上品でもなんでもない。これなら自分にもなれるって確信したよ」

俺の常識とは真逆の反応だった。浅ましい行為に嫌悪《けんお》するのではなく、共感したのか。

「それからは、前より調べたことが頭に入るようになった。太宰のことも、ずいぶん調べたよ。うちの書斎にある死んだおじいちゃんの古書、わたしが貰うことになってるけど……それについてもきちんと研究してね。『晩年』のアンカットがどういうものかとか、初めて見てちゃんと理解した。古書はいいなって思った……」

彼女は大きな両目で俺の抱えているインナーバッグを凝視する。視線を外すようにバッグを持ち替えた。

「寛子さんは古書が好きだからではなく、もっと古書を好きな人になりたいから、わたしの『晩年』を奪うことにしたの？」

栞子さんは静かに問いかける。一瞬の沈黙の後で、久我山寛子はうなずいた。

「そうだよ。それが一番の近道だから」

「……どうかしてる」

俺はつぶやいた。完全に順序が逆じゃないか──そこまでして好きになる意味なんてあるのか。誰かに命令されているわけでもないのに。

「寛子さんは、『断崖の錯覚』の主人公みたい……小説を書くために、様々な体験をしなければと思いこんでいる……」

栞子さんは目を伏せてつぶやく。すかさず久我山寛子が鼻で笑った。

「太宰が匿名で書いた小説でしょう。それぐらい知ってる。そんな知識をひけらかして、わたしとの差を見せつけようと思っても無駄だよ。あなたの考えてること、前よりずっとよく分かるんだから」

その言葉に呆れてしまった。本当の理由は俺の方がよく分かる。『断崖の錯覚』を持ち出したのは、さっき車の中で話したばかりだからだ——それに、作中で突き落とされた女に、以前突き落とされた自分を重ねてもいる。

「女性を殺してしまった主人公は、それっきり小説が書けなくなってしまう……人殺しという貴重な体験をしたにもかかわらず。わたし、他人から古書を奪うような人は、いつか古書を愛せなくなる日が……古書に復讐される日が、来ると思う」

「そんな綺麗事《きれいごと》ばっかり。栞子さんだって、古書を守るために他人を騙したじゃない。今も大勢の人を騙してるでしょう」

「そうね……でも、もうやらない」

まるで誓いを立てているように、まっすぐ前を向いて言った。

「二度と、あんなことはしない。今度のことで分かったの……『晩年』をまだ持ってることを、警察にも全部話して謝るつもり。人と古書は繋がっているから。その繋がりは、大事なものだから……」

それは彼女の祖父が持っていたという、「人と古書の繋がりを守る」という主義によく似ていた。気のせいか、自分自身に言い聞かせているようでもあった。

「わたしは古書を奪っても、復讐なんかされずに逃げきった人もいると信じてる」

久我山寛子は挑発するように告げる。栞子さんの視線を正面から受け止めた。

「平行線だね……これ以上は話し合っても無駄かな。わたしは、やりたいようにやるよ」

不意に久我山寛子はレインコートを閃かせて、一気に俺との距離を詰める。想像以上に機敏な動きだった。

本を守らなければならない。俺はインナーバッグを左手でしっかり抱えて、右手で相手のレインコートの袖をつかむ。勢いを利用していなすつもりだった。しかし、右の手首に硬いものが押しつけられ、次の瞬間びりっと全身がこわばった。

思わず見開いた両目に、彼女の自由な方の手に握られている小さな黒い機械が映った。

(予備のスタンガンか)

さっき俺が取り上げた機種とは違って小型だった。きっとレインコートのポケットに隠し持っていたのだ。腕から力が抜けた隙に、抱えこんでいたインナーバッグを抜き取られた。

「あ……」

久我山寛子は踵《きびす》を返して石段へと向きを変える。駆け下りて逃げるつもりだ。強引に地面を蹴り、石段の上ぎりぎりで彼女に追いついた。

すべてはほんの数秒だったと思う。不安定な場所でもみ合い、一度バッグを奪い返した。すぐさま体当たりで懐に飛びこまれて、ぐらりと背後に傾く。片方のかかとだけを起点に、相手ごと真横になった全身が宙に浮いた。雲で塗りつぶしたような夜空が視界いっぱいに広がり、どこまでも頼りない背中に冷たい汗が噴き出した。

「大輔くん！」

栞子さんの悲鳴が耳に突き刺さった。突然、はっと我に返る。

(俺は落ちる)

やけにくっきりと自覚した。一年前の栞子さんのように。落ちるなら落ちるなりにやることがある。手につかんでいたインナーバッグと、久我山寛子の小柄な体をできる限り胸の中心にしっかり抱えこんだ。

運がいいのか悪いのか、最後まで意識を失わなかった。石段と紫陽花と夜空がぐるぐると回転し、激痛に苛まれながら俺たちは下まで落ちていった。

8

足を下ろすたびに、左肩の痛みがずきずきと脈打った。

俺は十分前に転げ落ちた石段を一歩ずつ上っている。少し先を進んでいる琹子さんが、時々心配そうに振り返る。彼女は彼女で杖を突いているので不安定だ。こっちも心配になってくる。

肩越しに振り返ると、下から久我山鶴代が俺たちを見守っている。彼女の娘がその隣で頭を膝に埋めるようにうずくまっていた。遠くから救急車のサイレンが近づいてくる。久我山寛子を――本当は俺も――迎えに来ているのだ。

「君も今すぐ病院に行った方がいいんじゃないのか」

隣を歩いている田中敏雄が言った。

「あの娘より重傷に見えるよ」

確かにそう思う。久我山寛子は少し頭を打って、意識が朦朧《もうろう》としているようだが、大きな怪我はしていないようだった。俺の方は左肩がどうにかなっている。脱臼か、骨折か。他の二人にはそのことを言っていない。

「お前と栞子さんを……二人っきりで行かせられるわけないだろ……」

俺は言い返した。向かっているのは久我山家だった。栞子さんがどうしても今夜中に久我山尚大の遺した古書を捜したい、と主張したからだ。田中敏雄も自分の祖父が持っていた太宰の自家用『晩年』を見たいと言い出した。

さっき久我山寛子は祖父の古書は「書斎にある」と言っていた。母親の鶴代に尋ねたところ、書斎に一つだけ鍵のかかったままの棚があり、それのことかもしれないと言っていた。鍵がないので長年放置されていたそうだが、ひょっとすると自分の母親ならなにか知っているかもしれない、ということだった。久我山真里の携帯に、これから俺たちが行くと伝えてくれた。

久我山鶴代には、なにが起こったのかを詳しく話していない。娘がなにかしたことは察しているようだが「後で詳しくご説明します」という栞子さんの言葉を黙って受け入れてくれた。

石段を上がりきり、久我山家に近づくにつれて、栞子さんの足取りが重くなっていった。顔色もなんとなく冴えないようだ。

「大丈夫ですか？」

「わたしは平気です。ちょっと緊張してるだけで……大輔くんこそ。やっぱり、病院に行った方が」

「俺は、大丈夫です。大した怪我じゃないんで……緊張って？」

答えを口にするのに、彼女は少しためらった。

「なんと言ったらいいか……あまり話したことがないんです。真里おばあさまと」

「本が好きな人、なんですよね。話は合うんじゃないですか」

「だと思うんですけど……いつも、避けられている感じで。わたしが好かれていないのかも。だから、お宅には伺いにくくて」

そういえば、前に久我山家に行った時、栞子さんとあの家の人たちの間に微妙な距離を感じた。でも、栞子さんが好かれていない原因はなんだろう。


玄関でチャイムを鳴らすと、中年の女性が現れた。この近くに住んでいる親戚で、久我山鶴代が病院にいる間、あの女性の付き添いを頼まれたらしい。

俺たち三人は書斎に通される。この前と変わらず、久我山真里はベッドに身を横たえていた。栞子さんがおずおずと挨拶する。白髪の女性は相変わらず目を閉じたままだった。娘からの電話には出たから、さっきまで起きていたはずなのだが。

貴重な古書を捜すせいだろう。付き添いの女性には隣の部屋に下がってもらい、引き戸も閉めきった。久我山鶴代の話では、机の上にある開き戸棚が怪しいという。確かに鍵がかかっていた。他に扉のついている棚は見当たらない。

「真里おばあさま……この戸棚の鍵はお持ちですか」

返事はない。眠っているんじゃないかと思ったが、栞子さんは辛抱強く語りかける。

「お願いします……今夜中に、どうしても確認したいんです。どちらにしても、明日は警察の方がいらっしゃると思います」

しばらく待っても相手は動かなかった。なおも栞子さんが口を開こうとした時、目をつぶったまま俺たちに向かって鍵を差し出した。

(狸《たぬき》寝《ね》入《い》りかよ)

俺は呆れたが、栞子さんは礼を言って鍵を受け取った。部屋を横切り、戸棚の鍵を開けた。軋みを上げながら扉が開いた。意外に広い空間に、何冊かの本が横倒しに積み上がっている。こちらからは背表紙は見えなかったが、紙の質で一目で古書だと分かる。俺たちが目指している『晩年』は一番上にあった。大きさと厚みですぐに分かる。栞子さんは緊張の面持ちで本を抜いて、机の上に置いた。俺も田中も彼女の肩越しに覗きこんだ。

その『晩年』は確かにあまり状態はよくなかった。表紙は汚れているし帯もない。

なにも印刷されていない背表紙の角も少し傷んでいる。

見返しを開くと、左端にある「自●用」の文字が目に飛びこんでくる。「●」の下にはうっすら「殺」と書かれている。隣には「家」が書き添えてあった。

右側には名刺らしい大きさの紙が貼り付けてあり、「借銭一覧表」という題とともに人名と数字が並んでいる。

不思議な思いに浸っていた。本当にこれは七十五年前に太宰治本人が手元に置いていた本なのだ。俺たちの知るだけでも、杉尾の父親、田中嘉雄、久我山尚大の手を経ている。本の中身にも、これを持っていた太宰自身にも、その後手に入れた人々にも、それぞれの物語がある。それらがすべてこの一冊に詰まっている。

田中敏雄が手を伸ばして、軽く小口に触れた。

「やっぱり、アンカットではないね。さっきの画像では分からなかったが」

言われてみると、最初の数ページ分の袋とじがきれいに切り開かれている。

「でも……誰が切ったんだろう」

俺は首をひねった。田中嘉雄が持っていた時はアンカットだったはずだ。買い取った久我山尚大が切ったのか？　いや、古書店の人間がそんな馬鹿なことはしないだろう。それなら、一体誰が――。

俺は左肩を見下ろした。痛みの場所が広がり、激しくなってきている。考えがまとまらない。ここを出たら病院へ直行しようと心に決めた。

背後から咳払いが響いてきた。もういいだろうという催促のようだ。栞子さんはベッドを振り返る。眼鏡の奥で両目が細くなった。理由は分からないが、怒っているように見える。

栞子さんは本を閉じると、素早く戸棚に収めて鍵をかけてしまった。再びベッドに近づき、久我山真里に鍵を差し出した。血管の浮いた手が伸びてくる。

「おばあさまですね」

不意に栞子さんが厳しい声で告げた。

「わたしの『晩年』を奪おうとしたのは」

老女の指が空中でぴたりと止まる。

「え？」

俺は目を丸くした。

「でも、『晩年』を狙ってたのは、さっきの……」

「おそらく寛子さんはおばあさまの指示で動いていただけです。あの棚の古書を譲るという条件で、一人でなにもかも計画して実行したことにさせたんでしょう。違いますか？」

ふと、久我山寛子の言葉を思い出す。彼女は祖父の古書を「わたしが貰うことになっている」と言っていた。まだ自分のものではなく、誰かから譲られる約束になっていたわけだ。この場合、約束する相手は祖母しかいない。

久我山真里は鍵を取ると、再び元の姿勢に戻って目を閉じた。

「……知らないわね」

かすれた声ではっきり否定する。栞子さんの顔が険しくなった。

「寛子さんはここにある『晩年』から『アンカットがどういうものか、初めて見てちゃんと理解した』と言っていました。でも、あれはアンカットではありません。寛子さんはそのことすら知らないんです。ひょっとすると、おばあさまは寛子さんにあの本を直接は一度も見せていないんじゃないですか？　せいぜい、携帯で撮られた画像ぐらいで」

そういえば、田中が見せた画像は不鮮明だった。あの程度の画質ではアンカットかどうかは分からない。

「じゃ、あの画像を撮ったのは……？」

俺は栞子さんに尋ねる。正直、口を開くたびに肩は痛むが、今聞いている話の方がずっと大事だ。痛みなどどうでもいい。

「もちろん、おばあさまです。携帯も使えますし、パソコンだって使えます。寛子さんとライブチャットで話すぐらいですから……ああ、そういえば」

栞子さんは神経質そうに指を一本立てた。本当に怒っているのだ。緊張すると言っていた相手を、まったく気後れせずに問い詰めている。

「例のSNSのコミュニティでわたしが持っていた『晩年』の情報を田中さんに教えたのもおばあさまですよね？　あの時も今も、寛子さんは『晩年』のアンカットなど見ていないはずですから」

俺もなにかおかしいとは思っていた。確かに「ソノギ」が久我山寛子だとしたら、栞子さんが突き落とされる前から『晩年』に詳しかったことになる。あのスレッドで「ソノギ」はアンカットの初版本について「私も拝見したことがあります」と発言していた。

「アカウントを共有していたか、おばあさまが寛子さんに作らせたのでしょう」

いつのまにか久我山真里は目を開けていたが、天井を向いたままだった。俺はもう一つ重大なことに気付いた。「ソノギ」がこの人だとしたら、ビブリア古書堂に『晩年』があることを田中敏雄に教えたのもこの人――栞子さんが事件に巻きこまれるきつかけを作った張本人ということになる。

「……おばあさま」

珠子さんは立ったままでベッドの上に身を乗り出して、老女と強引に視線を合わせる。つややかな黒髪に隠れて表情はよく見えなかった。

「さっき、寛子さんは、そこの大輔くんと一緒に、石段から転げ落ちました……今は、病院にいます」

話しながら歯を食いしばっているのがはっきり分かる。紺色のブラウスを着た肩がぶるぶる震えていた。

「あなたのしたことのせいで、わたしみたいな大怪我をしたかもしれないんです！大輔くんも寛子さんも！　ひょっとすると、死んでいたかもしれないんですよ！」

母親以外の相手に、この人がここまで感情をあらわにするのを初めて見た。久我山真里は大声に驚いた様子だったが、やがてゆっくりと元の無表情に戻った。開いていた目までつぶってしまう。

「……死んでいたら、どうしたというの」

唇から細い声が洩れた。

「わたしは、もうすぐ死ぬ……なにもしなくても。次の秋は、見られないわ」

しばらくの間、誰も口を開かなかった。栞子さんは一つ息を吐いて、背筋を伸ばした。少しだけ冷静さを取り戻したようだった。それを見ていた俺は、近くの書架にもたれかかる。もう立っているのも苦痛だった。

「……君、病院へ行けよ」

田中の囁きに黙って首を振った。この目で見届けたかった。たぶんもう少しで終わるはずだ。

「どうして、こんなことをしたんですか」

栞子さんは尋ねる。さっき孫にもした質問だった。老女の瞼の裏で、眼球がゆっくり動いている。死んだような沈黙が部屋に満ちた。

「……ずっと、してみたいことがあったの」

やがて、彼女はぽつりぽつりと語り始めた。

「太宰の『晩年』のアンカットを、ナイフで切り開きながら読むことよ……久我山が死んだ時、それができると思った。あの人は自分だけの蔵書を隠し持っていて、これと決めた後継者にしか見せないつもりでいたの。

でも、店を継げる人間はいなかったから、蔵書はわたしのものになった……わたし以外、誰も知らない宝物に。その中には、田中嘉雄という人から買い取った、『晩年』

のアンカットがあるはずだった……」

彼女は目を閉じたまま眉を寄せる。やはり、この人は田中嘉雄の存在を知っていた。さっきはしらを切っていたわけだ。

「でも、開けてみるとアンカットではなかった。一部、切り取られていたの」

「切ったのは、どなたですか」

と、栞子さんは質問した。俺は薄れつつある意識を必死に保つ。ずっとそれが気になっていたのだ。

「前の持ち主の、田中さんだと思うわ」

「祖父が？」

田中敏雄が驚いたように聞き返した。

「どうしてそんなことを」

「売りに来た時、なにか事情があって……その場でわざとそうしたみたい。価値が減ってしまったと、久我山が怒っていたから」

そういうことだったのか、と俺はぼんやり思った。苦汁《くじゅう》を飲まされてきた田中嘉雄は、本当に大事にしていた古書を手放す時、久我山にささやかな復讐をしたのだ。

「……祖父らしいじゃないか」

　田中敏雄が俺だけに聞こえる声でつぶやいた。

「古書を破り捨てることまではできなかったんだ……憎い人間の手に渡ったとしても」

　それがいいことか悪いことか、俺には判断ができない。いずれにせよ、田中嘉雄はそういう弱さと優しさを抱え続けた人間だったんだろう。

「わたしは、『晩年』を切り開いて、最初から読みたい……最後まで読み終えて、その日に死にたいの……それを、人生最後の一冊にしたい」

　急に彼女の声が、曖昧で頼りなくなってきた。

「あの作品集は太宰の出発点で……匂い立つような青春の香気《こうき》があるわ。わたしはそれを、自分の晩年に味わってから死にたい……」

　たぶん本当に眠りかけているのだろう。夢うつつの狭間から響いてくるような声だった。

「……栞子ちゃん」

「なんでしょうか」

「あなたの『晩年』、わたしにくれないかしら？」

　一瞬、栞子さんは唇を強く噛みしめる。行き場のない怒りなのか、やるせなさなのか、それとももっと別の感情に襲われたのか——やがて静かにかぶりを振った。

「駄目です」

「……そう……残念」

久我山真里は安《やす》らかな寝息を立て始める。それと同時に俺も力尽き、激痛の中で床に崩れ落ちる。視界が真っ暗になっていった。俺の名前を呼ぶ栞子さんの声が、最後にずっと遠くから聞こえた。

それから先のことは、記憶にない。

エピローグ

俺はこの十日で起こったことの顚末を、篠川智恵子に詳しく話した。

かなり長い時間がかかったと思う。昨日の夜、久我山家で気絶したところまで話し終えた時には、うっすらと夜の気配が漂い始めていた。窓の外は濃い灰色に変わっている。

篠川智恵子は立ち上がって、蛍光灯を点けてくれた。とたんに白々とした光が病室に満ちた。

「大変だったわね、五浦くんも」

大して同情のこもらない声でいたわってくれる。あまり嬉しくなかった。

「病院に運ばれた後は、なにかあった？」

「今のところは……たぶん、ここへ警察が来ると思いますけど」

久我山真里と、その孫の寛子は栞子さんの『晩年』を奪おうとした。もちろんれっきとした犯罪で、警察にももう通報されているはずだ。具体的にどこまでが罪に問われるのかは知らないが。栞子さんは去年の事件の時に『晩年』を燃やさなかったことを打ち明けただろう。

その件も含めて、俺に事情を聞きに来るはずだ。

「鶴代さんは久我山尚大の蔵書を処分したがっているわ。さっき電話で話した時、そのことについて相談をされたから」

急にどっと疲れがこみ上げてきた。

「鶴代さんと、連絡取ってたんじゃないですか……」

今回の事件について詳しく知っている一人だ。なんのために俺に長い時間喋らせたんだろう。全部知ってたんじゃないか。

「彼女とは昔から仲がいいのよ。あの家の中では一番まともな人ね。まあ、あの蔵書が誰の所有物になるのかは微妙なところだから、簡単に売りに出すことはできないでしょうけど……あなたたちは田中敏雄くんのために『晩年』を手に入れると約束したんでしょう。可能性が広がったわね」

田中の名前が出てきて、ふと思い出したことがあった。この人にどうしても確認したいことがあったのだ。

「そういえば田中嘉雄が持っていた『晩年』のことで、田中敏雄にメッセージを送ったのはあなたですよね」

篠川智恵子は微笑みながら椅子に戻った。笑うと目尻のしわが深くなるが、かえって子供っぽくも見えた。

「そうだけど、どうして分かったの？」

「このタイミングで無関係な人が、あんな情報を送るわけがないし……それに、栞子さんが全然このことに触れなかったんで」

この人がＳＮＳを退会したのは、自分がどの発言をしたのか分かりにくくするためだろう。そういう小細工も含めて、どこかの時点で栞子さんも気付いていたはずだ。母親が関わっていることだから、不自然なほど無視していたのだろう。

「あら、そんな理由なの」

サングラスの奥で大げさに目を瞠っている。小馬鹿にされている気分だった。

「なんで、田中にメッセージを送ったんですか」

小細工が通じない相手なので、ストレートに質問したが、

「知りたいだろうと思ったから、彼も」

案の定、人を食ったような答えしか返ってこなかった。久我山家と繋がりがあるな

ら、あの老女が栞子さんの『晩年』を狙っていることも察しがついていたはずだ。田中敏雄に状況を引っかき回させることで、久我山家の二人を混乱させ、結果として、俺たちを助けようとした――というのはさすがに考えすぎか。なんにせよ、助けるなら普通にやって欲しいと思う。俺はこんな怪我まで負ったのだ。

「深沢には、母が住んでいるのよ」

唐突に篠川智恵子は言った。俺の質問への答えだと気付くまで、しばらく時間がかかった。あの五月の日、深沢駅のまわりでなにをしていたのか。

「お母さん……に、会いに行っていたんですか」

「挨拶ぐらいね。すぐ出てきたから」

俺はしばし考える。

「その方は、栞子さんたちのお祖母《ばあ》さんに当たるんですよね」

「そうなるわね。あの子たちは一度も会っていないし、母にもその意思はないけれど。今はわたしと血の繋がりのない家族と住んでいて、姓も昔と変わっているわ」

複雑な家庭の事情がありそうだった。だからこそ、これまで行き来がなかったのだろう。

「さて、そろそろ帰るわね」

彼女は立ち上がって傘を手に取った。まだ話すことがあるようなないような、もやもやした気分だった。この人と顔を合わせる時はいつもそうだ。

「ここまで来て、栞子さんとは会っていかないんですか」

「今日はやめておくわ……そういえば」

「はい？」

「五浦くんは、久我山さんのお宅で太宰の自家用『晩年』を見たのよね」

「……見ましたけど」

いきなりなんだろう。戸惑いながらもうなずいた。ほんの数秒だったが、なにかを読み取ろうとするように、俺の両目をじっと覗きこんでくる。やがて、満足したようにうなずいた。

「そう。それじゃ、また会いましょう」

篠川智恵子はいつもの軽やかな足取りで病室を出て行った。

ベッドの上で体を起こしたまま、考えに耽っていた。

自分の知っていることを、長々と俺に説明させたのはなぜなのか。あの女性は無駄なことに時間をかけたりはしない。理由があるはずだ。

俺から今回の事件について知ろうとしたのではない。だとしたら、知ろうとしたのは俺のことだ。今回の事件で俺がなにに気付いていないか、それを確認しに来たのだ。

（太宰の自家用『晩年』を見たのよね）

あれはなんだったんだろう。きっとなにかのヒントだ。

太宰の自家用『晩年』。久我山家でずっと秘蔵されてきた一冊。田中嘉雄が売る時に切ってしまって、アンカットではなくなっている――。

「あれっ？」

そういえば妙だ。俺はこめかみに指を当てて記憶を辿る。篠川智恵子が田中敏雄に送ったメッセージには、その『晩年』がアンカットでないことが書かれていた。

でも、一体どこでそれを知ったんだろう。

久我山真里は家族にも秘密にし、自分だけの宝物にしていた。久我山尚大も同じようなものだ。あの蔵書を誰にも見せないと決めていたという。自、分、の、後、継、者、と、決、め、た、人間以外には。

「嘘だろ……」

震えが止まらなくなった。全身が氷にでもなったようだった。

すべてが糸をたぐるように繋がっていく。久我山鶴代は父親に愛人がいたと言っていた。北鎌倉からそう遠くない場所に住んでいて、子供までいたという。もちろん深沢は北鎌倉からそう離れていない。

その子供を久我山は一度だけあの自宅に連れてきたことがあったそうだ。それは例の蔵書を見せるためかもしれない。自分の後継者にするつもりだった子供に。

もし篠川智恵子が、久我山尚大の娘だったとしたら――。

当然、栞子さんは孫ということになる。他人の蔵書を容赦なく奪い取るような、そんな人間の。

俺は病室の窓に目を移した。いつのまにか外はすっかり夜になっている。黒々としたガラスに自分の青ざめた顔が映っていた。

闇の奥を覗きこんでしまった気分だった。もちろん証拠はなにもない。そもそも、後継者ならどうして久我山書房を継がずに、父親の鼻を明かした「宿敵」と言っていい篠川聖司の店で働き、その息子と結婚までしたのか。

事情がまったく分からない。いや、深く分かってしまうのが恐ろしかった。

証拠など、探さない方がいい。

俺だけの秘密にしておこうと心に固く誓った。

参考文献（敬称略）

『太宰治全集』（筑摩書房）
太宰治『晩年』（砂子屋書房）
太宰治『駈込み訴へ』（月曜荘）
太宰治『皮膚と心』（竹村書房）
太宰治『晩年』（新潮文庫）
太宰治『走れメロス』（新潮文庫）
キケロー『義務について』（岩波文庫）
ヒュギーヌス『ギリシャ神話集』（講談社学術文庫）
『世界文学大系』（筑摩書房）
山内祥史『太宰治の年譜』（大修館書店）
山内祥史編『太宰治研究　2』（和泉書院）
神谷忠孝　安藤宏編『太宰治全作品研究事典』（勉誠社）
『太宰治論集　作家論篇』（ゆまに書房）

『太宰治論集　同時代篇』（ゆまに書房）
相馬正一『太宰治の生涯と文学』（洋々社）
相馬正一『評伝　太宰治』（津軽書房）
日本文学研究資料刊行会編『日本文学研究資料叢書　太宰治Ⅰ、Ⅱ』（有精堂出版）
長篠康一郎『太宰治　文学アルバム』（広論社）
長篠康一郎『太宰治水上心中』（広論社）
奥野健男『太宰治論』（新潮文庫）
井伏鱒二『太宰治』（筑摩書房）
津島美知子『回想の太宰治』（講談社文芸文庫）
山岸外史『人間太宰治』（ちくま文庫）
檀一雄『小説　太宰治』（岩波現代文庫）
太田静子『斜陽日記』（朝日文庫）
太田治子『明るい方へ　父・太宰治と母・太田静子』（朝日文庫）

参考文献（敬称略）

亀井勝一郎『無頼派の祈り』（審美社）
石川淳『安吾のいる風景・敗荷落日』（講談社文芸文庫）
坂口安吾『教祖の文学　不良少年とキリスト』（講談社文芸文庫）
野原一夫『回想　太宰治』（新潮社）
野原一夫『太宰治と聖書』（新潮社）
別所直樹『郷愁の太宰治』（審美社）
堤重久『太宰治との七年間』（筑摩書房）
久保喬『太宰治の青春像』（朝日書林）
小山清編『太宰治の手紙』（河出新書）
『生誕一〇五年　太宰治展　―語りかける言葉―　図録』（県立神奈川近代文学館）
日本近代文学館編『図説　太宰治』（ちくま学芸文庫）
小林静生他編『東京古書組合五十年史』（東京都古書籍商業協同組合）

組合史編纂委員会編『神奈川古書組合三十五年史』（神奈川県古書籍商業協同組合）
反町茂雄編『紙魚の昔がたり　昭和篇』（八木書店）
八木福次郎『古本便利帖』（東京堂出版）
出久根達郎『作家の値段』（講談社）
川島幸希『署名本の世界　漱石・鷗外から太宰・中也まで』（日本古書通信社）
森田郷平・大嶺俊順編『思ひ出55話　松竹大船撮影所』（集英社新書）
週刊朝日編『値段の明治大正昭和風俗史』（朝日文庫）
山本武臣『アジサイの話』（八坂書房）
赤瀬川原平『東京ミキサー計画　ハイレッドセンター直接行動の記録』（PARCO出版局）
C.ディケンズ『リトル・ドリット1〜4』（ちくま文庫）

あとがき

前巻よりだいぶ短い時間で書き上げた気分でいたんですが、カレンダーを見ると全然そんなことなかったですね。申し訳ありません。三上《みかみ》延《えん》です。

こういうシリーズを書いているせいか、時々本に関するイベントにゲストとして招待されます。声をかけていただけるのは大変ありがたい話なんですが、とても本に精通していると誤解されることがあり、それを解くのに毎度大汗をかいています。謙遜《けんそん》などではなく、本当に基礎的な知識しかぼくは持っていません。古書店でアルバイトしていたのももう十年以上前のことですし、分からないことは必死に資料を読んで調べています。

ただ、幸いにして調べることは嫌いではありません。なにか発見するたびに「そうだったのか！」と一人で興奮しています。だからイベントなどに出させていただく時は、そういう喜びについて主に語るようにしています。他に胸を張って語れることもないですし……。

さて、今回はまるまる一冊太宰治を題材にしています。『ビブリア』というシリーズのどこかで、もう一度太宰を取り上げようかと漠然と考えてはいました。そろそろだと思い始めたのが、前巻を執筆している最中です。寺山修司《てらやましゅうじ》について調べるのと並行して、同郷の太宰についても資料を読んでいました。

太宰本人は自作についてあまり語ることはなかったようです。しかし、同時代の証言や後世の評論はとてつもなく膨大で、ほとんどの作品が途切れることなく出版され続け、読まれ続けています。古書というテーマで、『ビブリア』という作品が持つ制約の中で、この希有《けう》な作家をどう扱うかかなり悩みましたが、とにかく調べられることを調べ、少しずつ書き進めていったのがこの一冊です。「そうだったのか！」というぼくの興奮が皆さんにも伝わることを願っています。

今回も大勢の方にご協力いただいています。神奈川近代文学館様、けやき書店様、貴重な情報を誠にありがとうございました。あとは個人的なことですが、新潟でお会いした「漫画研究会　犀の目」さん、お世話になりました。

次か、その次の巻で『ビブリア』のシリーズは終わりです。

もう少しお付き合いいただけると嬉しいです。七巻でまたお会いしましょう。

三上延

三上　延

著作リスト

ビブリア古書堂の事件手帖～栞子さんと奇妙な客人たち～（メディアワークス文庫）
ビブリア古書堂の事件手帖２～栞子さんと謎めく日常～（同）
ビブリア古書堂の事件手帖３～栞子さんと消えない絆～（同）
ビブリア古書堂の事件手帖４～栞子さんと二つの顔～（同）
ビブリア古書堂の事件手帖５～栞子さんと繋がりの時～（同）
ビブリア古書堂の事件手帖６～栞子さんと巡るさだめ～（同）
ダーク・バイオレッツ１～７（電撃文庫）
シャドウテイカー１～５（同）
山姫アンチメモニクス１～２（同）
天空のアルカミレスⅠ～Ⅴ（同）
モーフィアスの教室１～４（同）
偽りのドラグーンⅠ～Ⅴ（同）

本書は書き下ろしです。

メディアワークス文庫

ビブリア古《こ》書《しょ》堂《どう》の事《じ》件《けん》手《て》帖《ちょう》6
～栞子《しおりこ》さんと巡《めぐ》るさだめ～

三上《みかみ》 延《えん》

発行　2014年12月25日　初版発行

発行者　塚田正晃
発行所　株式会社KADOKAWA
〒102－8177　東京都千代田区富士見2－13－3
プロデュース　アスキー・メディアワークス
〒102－8584　東京都千代田区富士見1－8－19
電話03－5216－8399（編集）
電話03－3238－1854（営業）
装丁者　渡辺宏一（有限会社ニイナナニイゴオ）
印刷　株式会社暁印刷
製本　株式会社ビルディング・ブックセンター

Printed in Japan
ISBN978-4-04-869189-5 C0193

メディアワークス文庫　http://mwbunko.com/
株式会社KADOKAWA　http://www.kadokawa.co.jp/

本書に対するご意見、ご感想をお寄せください。

あて先
〒102-8584　東京都千代田区富士見1-8-19　アスキー・メディアワークス
メディアワークス文庫編集部
「三上　延先生」係

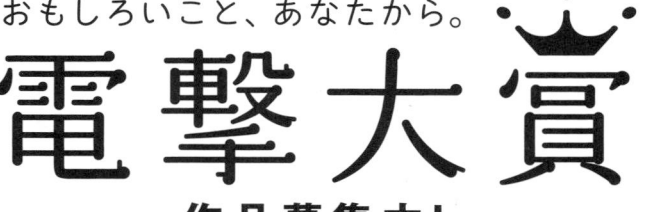